ちくま文庫

洲崎パラダイス

芝木好子

筑摩書房

目次

洲崎パラダイス

宿屋の払いを済ませて外に出ると、二人の懐中には百円の金も残らなかった。義治が煙草《タバコ》を買っているひまに、蔦枝《つたえ》はあてもなく橋桁《はしげた》まで歩いていった。夕暮の空は茜色《あかねいろ》から淡紫に昏《く》れかけて絵のようにしずまっているが、潮どきなのか河だけはぐんぐん水嵩《みずかさ》を増して、たぷたぷ音立てている。隅田川《すみだがわ》のひろい河幅がふくれて、上流へ上流へと押してゆくような激しい水の勢いだった。蔦枝は橋の欄干《らんかん》に沿って覗《のぞ》きながら、義治がこの河勢をみてなんというかと思った。二言目には「死ぬ」と言い、「死にゃあいい」と自棄《やけ》になっている彼なので、蔦枝は深い水の底をみると厭《いや》な気がした。渦巻きながら溢《あふ》れてゆく水の色は、少しも澄んでいない。

義治がズックのボストンバッグをさげて、のっそりと寄ってきた。これからどこへゆくというあてもない。河岸に白っぽい灯がきらめきだした。義治が煙草に火をつけて吸う間、蔦枝は欄干を背にして今夜の落着き場所に思いをめぐらしたが、金のない人間のあてどなさに、腹が立ってくるのだった。橋をゆきかう人の足音も絶えたような、物音の消えた一ときをそうしていると、世間から取残されたようで、蔦枝はつと身を起して歩きだした。死ぬときも死場所を探さなければならない人間は、なんと厄介なのだろうと思う。

橋を渡ると大通りで、電車が轟々《ごうごう》と走っている。急に下界へ下りたようなざわめきだった。吾妻橋《あづまばし》の方から大きな車体のバスがやってくるのを見ると、蔦枝は誘われてその方へ歩いていった。彼女が人のあとから乗りこむと、バスは走り出した。ボストンバッグを提《さ》げた義治がステップに摑《つか》まっている。バスは電車通りをそれて本所界隈《ほんじよかいわい》から深川《ふかがわ》へぬけて走った。あたりが暮れてきて、夕餉《ゆうげ》の匂いの立ちそうな街並だった。

このバスは終点が月島《つきしま》だが、義治はひと月前までそこの倉庫会社に働いていた。その頃は身綺麗《みぎれい》でおしゃれな若者だったが、今は疲れて垢《あか》じみた風体《ふうてい》に変り果てている。職を離れた人間が例外なしに陥る陰鬱《いんうつ》な翳《かげ》を、彼もおびているのだった。

バスが木場《きば》の材木問屋の並ぶ街へ出ると、そのあたりから街を縦横に走る運河があり、材木が橋の下を埋めて流木になっているのを、蔦枝はめずらしい目で眺めた。彼女は洲崎《すさき》までくると義治をうながしてバスを降りた。

「終点までゆけばいいのに」

「月島まで行って、倉庫の中にでも寝る気？」

蔦枝はまっぴらだと思った。

人通りの少ない裏町へ入ると、両手で着物の裾《すそ》をつまんだ横着な恰好《かつこう》で、彼女はとみこうみしながら、義治にかまわずに先へ歩いた。釣舟の網元の看板がみえて、運河に沿ったあたりはバラックの飲み屋が多い。かつて洲崎遊廓《ゆうかく》と呼ばれた一郭はぐるりが掘割で囲まれた島になっている。コンクリートの堤防の下は水の流れだった。正面の橋のたもとまでできた蔦枝は、その付近に並んでいる小さな酒の店の一つののれんを分けて入った。狭い一坪半ほどの店で、鉤《かぎ》の手に台があって、丸い椅子《いす》が並んでいるきりだった。壁に清酒とかビールとか、湯豆腐とか書いたびらが下っている。蔦枝も義治も疲れたように、その椅子へ腰を下した。裏から七輪《しちりん》を抱えた女が入ってきた。紺の縮みの上に白い割烹着《かっぽうぎ》をつけて、端折《はしょ》った裾から赤い蹴出《けだ》しを出しているが、さっぱりした顔立の三十五、六の女だった。まだ店あけ前なのだろう。

「ビールを貰《もら》おうかしら」

蔦枝は一文もない懐中をせせら笑うつもりで、義治の方は少しも見なかった。裾を下したおかみさんはすぐコップを二つ並べて、ビールを持ってきた。白粉気《おしろいけ》のない、愛嬌《あいきょう》の乏しい顔だが、むずかしい穿鑿《せんさく》するような目はしていない。どことなくさばさばした単純な感じの女だった。ビールを酌《つ》いで、すぐ奥に引込むと、子供になにか口早にいいつけている。

蔦枝は一杯のビールをぐうっと泡ごと飲み干した。美味《うま》い、なにもかも忘れるような爽《さわ》やかさだった。彼女はおかみさんが代りのビールを持って入ってくると、ふっと訊《たず》ねた。

「このへんに、あたしたちを住込ませてくれる店はないでしょうか」

おかみさんはへえと二人を見比べながら、初めて硝子戸《ガラスど》の「女中さん入用」の張紙で来た女かと、気付いたのだった。

「さあ、ふたり一緒じゃあね」

「別なら、あるんですか」

「うちでも要《い》ることは要るけど」

蔦枝はおかみさんをじっと仰いだ。

「あたしたち、いろいろなわけがありましてね」

彼女が語り出したのはこうだった。二人は栃木県の在《ざい》の者だが、彼女が事情あって町へ出て料理屋の女中をしたので、男の親元が二人の結婚を許そうとしなかった。そこで二人は郷里を出奔《しゅっぽん》して東京へきたものの、男には思わしい就職口もなく転々としているうちに、有金を使い果してしまったのだった。

今夜の寝床もないと聞いて、おかみさんは卓に肘《ひじ》をついた。三日か五日に一人位は張紙を見て入ってくる女もいたが、長続きしたためしがない。大半は特飲街へ入りたい気持の女が、足場のつもりで腰をかけるのだし、そうではなく、本気で女中をする気の山だし女も、四、五日するともう気の変るのが例である。どうせ同じような客相手なら、娼婦《しょうふ》になっても化粧や美しい着物で飾り、華やかな嬌声の生活に変りたいと思うのが、彼女らのお定まりだった。かえって亭主持ならば、その点で案外腰が座るかもしれない。おかみさんは女を注意してみて、まだ年齢も若そうだし、渋皮のむけた細おもての色白の器量も気に入ったので、置いてみようかと心が動いた。それにしてもひものついているのは厄介だった。見たところ悪賢い男ではなさそうだが、一体これまでなにを職業にしてきたのかと、男に向けて訊ねると、すぐ蔦枝が引取って、

「倉庫会社の帳付なんです。木場にそんな仕事はないものでしょうか」

男の仕事がそう右から左にあるわけはないし、木場は不景気でとうてい見込みがない、とおかみさんはそっけなく言った。

「あったところで、荷揚げ人夫くらいがおちですよ」

それでもかまわないから、よろしく頼むと女が言うと、それまで押し黙っていた男

は、打ちのめされたように意気地なく頭を下げた。皮膚の厚手な、逞《たくま》しい男で、立派な胸板をもっていたが、それでいてどことなく小心で怒りっぽそうな、小さな三角眼をしていた。

のれんを分けて、新しい客が入ってきた。三人は一斉に立ち上って、椅子を揃《そろ》えた。蔦枝は気軽に内側へまわって、もう客のために笑顔を用意している。義治がボストンバッグをさげて台所へまわると、横手に六畳ほどの部屋があったがバラック建で粗末な建てつけだった。男の子が二人寝転んでメンコを数えているので、義治は上り框《がまち》にかけて、その手許《てもと》をぼんやり覗きこんだ。メンコも、このバラックもまだ信じられない。この六畳が今夜のねぐらと決ったところで、明日はどうなるものか彼には解らないのだ。子供たちは義治の顔を見ようともしない。彼は煙草をさぐって、火を点《つ》けて吸った。

「坊やのお父さんはいないのかい」

子供はちょっと身じろいで、うんと言った。

「死んだのか」

「知らない。どこかへ行ったんだろ」

大きな方の男の子は面倒そうに答えて、またメンコを揃えるのに余念がない。義治は子供にまで突き放された気持で、立って台所の窓から外をみてみた。ほんの一跨《ひとまた》ぎの窓下の土から先はコンクリートの崖《がけ》で、その下に細い運河が流れている。その水垣で区切った洲崎特飲街は、左手にネオンがあかく瞬《また》いていた。自動車が警笛を鳴して橋を渡り、ネオン街へ消えてゆくのを、彼はじっと見送った。灯の瞬く歓楽の町がいいしれぬなつかしさで彼の胸に沁《し》みた。この巷《ちまた》に足を踏みこむときのそぞろなときめきが甦《よみがえ》ると、苦痛に似た鋭いものが彼の胸を走った。店先からは客を相手にしたおかみさんと、馴々《なれなれ》しく笑っている蔦枝の声が、弾んだ調子で響いてくる。どこであろうとすぐに座り場所をみつける女の厚かましさに、義治は吐き出したい嫌悪を感じて、煙草の吸殻を力まかせに掘割の水へ投げ捨てた。ついでに自分もその堤防へ投げつけたい苛立《いらだ》たしさだった。義治は転々として今日まであてもなく蔦枝と宿をかえて歩きながら、最後のところで、女の気持のあやふやが不安でならなかった。金のなくなった日が終りの日だと腹を据えていながら、ずるずるとここまで来てしまったことで、彼は蔦枝に負けた気持を蔽《おお》えない。なんともみじめな死にぞこないのあがきさえ覚える。しょせん死にたいと口にいううちは死ねないのだと、自嘲《じちよう》が湧《わ》いた。倉庫会社に勤めて、どうやら定まった給料にありついていた頃には想像も出来ない失職後の彷徨《ほうこう》に疲れると、生活の支えの給料というものが彼にはつくづく不思議な魔力におもえてくる。女のために何もかもふいにしたあげく、一文なしのルンペンになって、死にもしなければ生きも出来ない自分の無力につきあたると、義治はやりきれなさで、今夜といわず目の前のネオンの街へ走って、いい気な蔦枝に思いしらせたい卑しい感情に駆り立てられる。それでいて嚢中《のうちゅう》に一銭の金もありはしないのだ。彼には尾久《おぐ》に少しばかり面倒をみてくれた伯父《おじ》がいるきりだった。

店先から陽気な客が、蔦枝をからかっている声がしていた。彼女が身を揉《も》んで、相手の肩に手をかけてはしゃいでいるさまが見えるようだった。

「堅気《かたぎ》ですよ、これでもあたし堅気なのよ、ねえおかみさん」

蔦枝の舌足らずの甘えた媚態《びたい》を、義治はゆるせなかった。堅気もないものだと思う。男とみればすぐ声をかけ、接触によってからめとろうとする習性をみると、女の性根が未《いま》だにこれだったかと憎しみが強まってくる。客はすっかり上機嫌で、いつまでも飲んでいる。義治は呪《のろ》いながらも、客の帰るのを待たなければならない。

子供たちが先に寝てしまい、十二時を合図に特飲街の灯が消えると、店終《じま》いだった。

その夜は六畳の座敷の河に面した半分が義治と蔦枝の寝室になった。こんなこともまああるのか、六畳の真中に黒幕のカーテンが引けるようになっている。おかみさんは子供の中に入ると、すぐさま寝息を立てはじめた。義治は恥も外聞もなかった。俺《おれ》は別々になるのは厭だ、明日はここを出よう、と言った。蔦枝はふてたように黙っている。彼はかっとして、太い腕をからめて、力を入れた。彼の腕は女の細い頸《くび》を絞《し》めるくらいは造作もなかった。しかしもう一息の把握力がないために、彼は一生悩むしかないのだ。たとえこうして蔦枝の同意を促したところで、どこまで信じられるものではない。彼が信じられるのは、蔦枝が彼に同意して一緒に死を選ぶときだけかもしれなかった。義治が手応《てごた》えのない相手にかっとなると、蔦枝は彼の胸を押しかえした。

「うるさいわねえ、ちょっと黙って！　枕《まくら》の下に河が流れているんじゃない？　ああ、あたしたち、この河の外にいるのねえ、やっぱりここへ来たんだわねえ」

蔦枝は知らずしらず一度歩いた道を引返してきたことに、慄然《りつぜん》とするものがあった。彼女のこの詠嘆は義治の胸にも応えた。彼はふーんと言って、

「そんなにここが好いなら、河の中へ突き落してやら」

と唸《うな》った。

蔦枝はひと月まえまで鳩《はと》の町にいた娼婦だが、それ以前にはこの洲崎の特飲街にもほんの短い間いたことがあった。彼女の生れは利根《とね》の水郷《すいごう》のせいか、水が好きである。二人で行き場なくさまよった間の一夜の泊りにしろ、隅田川の水面をみると彼女は懐かしんだ。いつだったか、彼女は義治に話したことがある。

「あたしの育ったのは、利根川の中にある夢《ゆめ》の島《しま》ってところです。小さな島が水の中にあるきりの、名前負けのした島で、一軒の雑貨屋と床屋があるだけの貧しい村なんです。今でこそ土浦《つちうら》まで一日に一回、橋を渡った陸続きにバスが出るけど、昔は舟の便しかなかったんですよ。漁をしたり、わずかな畑を耕したり、夏だけは遊覧の観光客が少しは来て、川べりに葭簀《よしず》の店も出ますけど、貧しい百姓の村で、あたしたちはもめんの継ぎはぎの着物よりほか着たこともなかった」

あるとき婦人雑誌の花嫁衣装を見て、一生に一度はせめて絹の着物を着たいと思った、とも彼女は語った。貧乏人の子だくさんで、彼女は七人兄妹《きょうだい》の二番目だった。今でもそこに弟妹がいるが、父は中風になって寝たきりだし、弟はカリエスで治療をしなければならなくなって、彼女は桂庵《けいあん》の手で東京へ働きに出たのだった。だから彼女はどこへいって働いている時も、可哀《かわい》そうな肉親のために仕送りを欠かさなかったのだ。一人きりの兄は一家の要望を担って北海道の炭鉱へ行ったが、ぐれてしまったらしく消息もない。弟も妹たちもまだ小さくてと語る言葉は、嘘《うそ》とも思えなかった。貧しいが素朴な故郷はなつかしいのだろう。葦の間をぬってゆく舟の棹《さお》から水音が立つような、のどかな風趣の水郷めぐりを語ってきかせて、一度は故郷の島へ案内したいといった蔦枝の言葉に、義治は誘われたようなものだった。

窓下の運河の水は水音も立てないのに、蔦枝は枕の下から懐かしむのか、身じろぎもしない姿勢になっていた。そういうときの蔦枝を抱いていると、義治は哀切な女の魂に、はじめて触れた思いを味わうのだった。

次の日の昼まえ、朝帰りの客が、まだのれんも出さない店の内へ入ってきた。

「ほれ、見たことですかっ」

おかみさんがいきなりぽんぽんと声高に呶鳴《どな》っている。客は一言もない体《てい》で、にやにやと股《また》の間へ坊主椅子を押しこんで掛けた。蔦枝はまだ化粧をしない、蒼白《あおじろ》い顔のまま出ていって、笑いを嚙《か》み殺した。

「一銭残らず?」

「いや、電車賃はある、さすが武士の情けだ」

落合《おちあい》という客は中年のせいか案外平気で、冗談を言いながらおかみさんに梅酒を注文したが、電車賃では梅酒も出ないと、おかみさんはまだぷりぷり怒っている。怒ってみても冷淡というところがないので、男は気を悪くした風もない。

昨日の晩、落合は初めてこの店へきて、機嫌よく飲んだあげく、これから廓《くるわ》へ入るのに、どこか恰好の店へ送ってくれと言った。勘定をする時、一万円からの札がみえたので、おかみさんが言った。あればあるだけ巻き上げられるに決っている、たかが一夜の遊興である、悪いことは言わないから、そのうち二千円でも置いていらっしゃい、確かに預ってあげます。使い果したあとの二千円は悪くないものですよ。男はそのすすめを笑って聞き捨てた。案の定、女たちと酒も飲んだが、きれいに巻き上げられて、帰りの電車賃を残すのみだと言う。それでも落合は悔《くや》んだところがなくて、一杯の梅酒をちびりちびりやりながら、自分の間抜けさをさかなに、やっぱり昨夕はここで、一晩がかりでこの堅気の美人を口説いたほうがよかった、と蔦枝をからかいはじめた。

しばらく遊ぶと、彼は流しの車を拾わせて、また来ると言って、帰っていった。神《かん》田《だ》の医療機具商の主人だと聞いて、蔦枝は義治の就職のことが口まで出かかったが、さすがに男のことを頼む筋ではなかった。

午後からおかみさんは近所へ義治の仕事を探しに出ていった。蔦枝が台所の窓から覗くと、どんより曇った日で掘割にボートが四、五艘《そう》浮んでいた。義治は畳に寝転んでぼんやり天井を見ている。彼にはまだこの成りゆきがのみこめない。なぜこういう方向にきてしまったのだろうと思う。うっかり乗ったあのバスがいけなかったのだ。あのとき自分たちは逆に河上の隅田公園に向けて歩くべきだったと思う。河のふちにはもっと無抵抗な、しずかな誘《いざ》ないがあったのだ……。女の声音が耳の端をとめどなく流れてゆく。ねえ、しばらくの間、別れ別れに辛抱して働いてみましょうよ、その内にはこの近所に部屋を借りることもできるし、と蔦枝は自分で自分を慰める思いで言っているのだ。彼女はまだ二十五歳にしかならない頑健な男が、陰気になっているのをみると、やりきれない。死ぬ死ぬと言ってみても、死ぬ日までは生きていなければならないのだ、といった気持で、蔦枝は滅入《めい》ってゆくのは厭だった。

おかみさんはようやく一つだけ仕事をみつけて帰ってきた。木場はやっぱり駄目だったし、町工場も当ってみたが崩壊に瀕《ひん》していて、人をとるどころではないという。

たった一つの口は蕎麦屋《そばや》の住込みだった。蔦枝はちらと義治を見た。二人の目がかち合った。蕎麦屋の出前という職業をとやかくいうのではないにしろ、彼女はやはり男を庇《かば》いたかった。義治は目をそらすと、意外なほど簡単に承知して、すぐに行くという。かえって蔦枝はおろおろした気持で、彼の前にはだかった。

「ほんとに行くの」

「ほんとかって、なにいってやがる。おまえが言い出したんだ」

彼は激しい勢いで蔦枝を突きとばすように土間に下りて、ボストンバッグを抱え、おかみさんを急き立てて、あとも振返らずに出ていった。後味の悪い去り方をしてゆく義治の厭がらせ《せ》が蔦枝には辛《つら》かった。さして遠くない蕎麦屋であったし、一時の別れにしかすぎないが、なぜもっと余韻《よいん》のある去り方が出来ないものかと思う。

夕暮どきがきて、酒屋が一升瓶を届けにきたし、豆腐やが豆腐をおいていった。蔦枝は気を取直して、河っぷちの軒先に干した義治のシャツを取込んだが、畳む気もしないでぼんやりしていた。それほど勤めがいやなら、いっそ男らしく自分をしょっぴいてどこへでも行けばいいのだと思う。

「あ、いやだ、いやんなる」

彼女はくさくさすると、もう考えまいと首を振った。考えることは苦手だった。二人で築こうとした新家庭も、わずかの使いこみで義治が会社を馘首《かくしゅ》になってから、ずるずると崩れてしまった。義治の不甲斐《ふがい》なさが蔦枝にはくやしくてならない。男というものは、たとえ悪を働いても女を支配するものでなければならないと思う。そのくせ義治が哀れでもあった。彼には気の利いた悪さえできないのだ。

いつか雨でもきそうな空模様になっている。子供たちが五、六人も店の前へきて遊んでいるらしく、やがておかみさんの声がして、追い散しながら入ってきた。男の子が小銭を欲しがるのを叱《しか》りとばして、彼女はやっと上り框で一息入れた。蔦枝は礼を言って、どんなだったかを訊ねた。おかみさんは義治のことなどさしたることとも思っていない。

「すぐ馴れるわよ、子供じゃなし。まったくこの辺ときたら、子供の遊び場所もろくにないんだから」

特飲街の入口の橋に、遊廓時代の大門の代りのアーチがあって、「洲崎パラダイス」と横に書いたネオンが灯をつけた。アーチから真直ぐに伸びた大通りは突当りが堤防で、右は弁天《べんてん》町一丁目、左は二丁目、ぐるりが水で囲まれた別世界になっている。

左手の横町は軒を並べた特飲街で、七、八十軒もの店があったが、右手は打って変った貧弱な住宅地である。子供たちの遊び場のあろうはずはなかった。

「あんたなんか知るまいが、昔はこの弁天町が全部遊廓で、大した繁昌をしたものよ」

深川育ちのおかみさんは、往時がしのばれるのか、古い楼の名を挙げてみせた。戦争中には遊廓の女も軍の慰安婦になって、楼主と一緒に基地へ移っていったものも多いという。戦争が熾烈《しれつ》になってくると、月島界隈の軍需工場の工員は空襲に阻まれて通勤が円滑にゆかない。そこで造船所が疎開した遊廓の建物を買取って、そのまま寮にして工員を住まわせることにした。昭和二十年三月の空襲で深川一帯は壊滅してしまったが、焼跡が整理されるとどこからか生き残った人間たちが戻ってきて、今では右半分が住宅地となり、左半分が特飲街にまとめられたのだった。だから今では「洲崎パラダイス」のアーチを潜っても遊客とは限らない。一日の勤めを終えた月給取りや、労働者が遊廓の門を潜って自分の家やアパートへ帰ってゆく。

「特飲街の景気はどうなんですか」

蔦枝は小声でたずねてみた。

「ぱっとしないね。もともとここらは木場の若い衆や、工員さんや下町の店の人の場所柄だけど、なにしろ世の中が不景気だから」

おかみさんはシャグマを入れてふくらませた、ソーセージ型の髪のふくらみを癇性《かんしょう》に掻《か》いた。

灯をつけた店先へ人の気配がして、厚化粧の着飾った女が物憂そうに入ってきた。痩《や》せて目だけがぎろりと大きい老けた女で、一目で廓の女と解る姿なので、蔦枝は咄《とっ》嗟《さ》に警戒心から顔をそむけた。ちらと見ただけでも三十歳を大分まわった年恰好だが、着ている着物はひどく派手な紅模様の錦紗《きんしゃ》で、そのせいか白粉灼《や》けが目立った。おかみさんは立っていった。女は椅子にかけると、おかみさんの顔を大きな目で見上げながら、立てつづけに喋《しゃべ》り出している。

「……そりゃあ、着る物がないから、着物は借りてますよ。夕方借りて、脱げば夜の内に返して、次の夕方の支度のときにまた借りるんです。借りた以上損料を払うつもりでしたよ、それが全部前借についているんですからね、約束がちがいまさ。こちらで世話をしてもらった時に、前借はなしってことでした。商売だって、月末はちょっと良かったんですが、今はまるっきり駄目で、私はあの店じゃ稼げません。なにしろ十九の女と並ばせられてはたまらないですよ。今どきの客ときたら、ただ若けりゃいいっていう……」

自分はこの道では、多少年季が入っているつもりだが、今の客ときたら本当の遊びを知らないのだ。肉体の弾力だけが魅力であるなら、ゴムまりでも抱いたらどうか、と女は口汚く罵《ののし》った。罵ると、女の顔が裂けてみえた。蔦枝は気短なおかみさんが案外しずかに応対して、冷酒を一杯与えているのに意外な気がした。

「そのうち、良いお客がつくから」

そういう慰めのせいか、酒のせいか、女はちょっと悄気《しよげ》てきて冷酒をあおった。濃い化粧の顔の筋肉が動くと皺《しわ》になって、筋やみぞが生れる。このまま三味線を抱えて広告板を背にし、右に左に踊りながら街をゆく商売が似合いそうだ、と蔦枝は残酷な想像をした。淫売婦《いんばいふ》の成れの果ては、しかしそれすら出来ないだろう。彼女らは三味線一つ弾けはしない。

酒を飲み終えると女は立ち上って、酒代は付《つけ》にしておいてくれといい、誰か良い客があったら送ってほしいというと、外へ出ていった。おかみさんは溜息《ためいき》をついた。店明けには女客が縁起がよいとされているが、塩でも撒《ま》きたい気がするのだ。千葉の方から流れてきた女で、まだ住込んで半月ほどにしかならない。本当の年齢はいくつかおかみさんも知りはしない。ああいう女はそのうちいつともなくいなくなるから、うっかり貸せない、おかみさんは自戒した。昔と違って娼婦は借金でもかさまない限り身を縛られないから、すぐ消えたり新しくやってきたりするので、顔を覚えるひまもない。

「言っておくけど、あんた間違っても廓へ入ろうと思いなさんな。入ったらお終い、それこそ容易なことでは足が抜けないのだから。前借をしなければ自由なように思うかもしれないけど、この世界から抜けられないのは身体《からだ》ばかりじゃなく、心がなんだから。一度足を入れると、どうしてだか二度とまっとうに働けなくなるのさ。人間がだらしなくなって、ずるずると駄目にされちまう。終りは今みたようなひとになるんだし……」

おかみさんはそう言った。その深淵《しんえん》の際まできている蔦枝は顔を伏せて、ええと頷《うなず》いた。

子供たちがお腹《なか》を空かせて帰ってき、一しきりさわいだあとで、やっと寝た。隣は客があるのか歌が聴《きこ》えてきた。蔦枝は蕎麦屋へ奉公に行った義治が思いやられてならない。意気地なしの彼が小僧のようにどんぶりを洗ったり、蕎麦をざるに上げたり、出前を運んでいるのかと思うと哀れで、走っていってやめさせたい気がする。それもこれも、土方にもなれない気概なさからだ、蔦枝は腹が立ってきて唇を嚙んだ。なぜもっと胸を張って生きてくれないのかと思う。一旦《いったん》職を離れると、未来を見失ってみすぼらしくなった義治が、彼女にはやりきれなかった。

雨がいつからか、しめやかに降りこめてきたらしい。客の少ない晩で、おかみさんは隣の賑《にぎ》やかさに苛立っている。

「やっぱり男主《あるじ》のいる店は、活気があるんだね」

「おかみさんの旦那《だんな》さんは、死んだのですか」

「まあ死んだようなもんよ。もっとも帰ってきたら、面《つら》の皮をひんむいてやる」

蔦枝はわらったが、おかみさんはにこりともしなかった。

雨に濡れた男が、さっと入ってきた。顔馴染《なじみ》とみえて、おかみさんは手早く焼酎《しょうちゅう》をコップに注いだ。五十に手の届く大工風の男で、顔じゅうにこわい髯《ひげ》が伸びている。いま仕事を終ってきたらしい活気が四角い肩幅から発散してきている。

男は蔦枝を見て、

「誰だい、どこかで見たようだな」

と言った。蔦枝は薄く笑ってみせた。

「ありきたりなお面《めん》ですから」

男は焼酎を一杯ぐうっとあおると、唇をぬらしたまま、仕事着のズボンから金を払って出ていった。すたすたと橋を渡って、目当ての女の店へまっしぐらに行くのだろう。

「あれで、子供が五人もあるのだから」

おかみさんはその男の馴染の女がつまらない器量の性悪《しょうわる》だとも言った。五人の子供はなんの引止め役にも立たない。男を信じたら失敗《しくじ》るにきまっている。男というものは子供を産ましても、半分だけしか信じさせないものだ。いつでもこの女死ねばいいといった冷たい目で女の背中を眺めている。そのくせ、他の女には掌《てのひら》をかえしたようなだらしなさになるのだ。男に深入りすると、どちらに転んでも女は傷つくことになる……。

蔦枝はおかみさんのつまらなそうな口説を聞きながら、女と駆落した亭主が存外なつかしいのかもしれないと思った。雨がしとどに降って、地の底へ滅入るような侘《わび》しい晩である。こんな晩は茶の間でラジオを聴きながら熱いお茶を飲んでいる女が一番幸せなのだ、と蔦枝は溜息をついた。そんな暖い場所は一生自分にはめぐってこないかもしれない。すると底しれない大河の淵に立ったときに似たあてどなさで胸が凍ってくる。

その夜、蔦枝はろくに寝もしないで、もしや義治が帰らないかと人恋しさに待ちつづけた。

雨の小止《おや》みに蔦枝は風呂へ行って、帰りに蕎麦屋の前までいってみた。しかし店へ入るのも気がさしたし、思いきって裏へまわる気にもなれない。しばらくうろうろして店の中を覗いたが、彼らしい姿は見えなかった。まさか一晩で店をやめたわけではあるまいと思ったが、この想像は彼女の足を掬《すく》った。ふーん、鼻から息巻く感情に動かされながら、蔦枝は踵《きびす》をかえしてすたすたと戻り足になった。二度と蕎麦屋へはゆくまいと思う。彼女は男から冷たい目で背中を見られても、掌かえして下手に出られてもよいかわり、彼から一言もなしに去られるのだけは我慢がならない。

彼女が通りの角を曲ろうとした時自転車が二台つづいてきて、その一つに義治が乗っていた。彼はおっ、と叫んで、自転車を止めた。手に空の盆を持っている。彼は湯上りの蔦枝をみると小さな三角眼をなつかしそうに瞬《しばた》いた。

「すぐ戻ってくる」

彼は口早に言って、再びペダルを踏んだ。もう一台は先へ走りかけて振返っていたが、面皰《にきび》だらけの十六、七の小僧で、野卑な声で義治をからかいながら、蔦枝にもへい、へいと外人兵のように軽薄に手を振った。蔦枝はそっぽを向いて顔をしかめた。義治をみた瞬間に彼女はわがままな感情がこみあげてきて、彼のために昨夜はろくに眠れもしなかったのかと馬鹿馬鹿《ばかばか》しい気がしてきた。人中で貧しい肉親を見出《みいだ》したときのような嫌悪と宿命感に彼女の心は反撥《はんぱつ》した。彼女は急にすたすたと歩き出した。しばらくすると、自転車がすりよってきて彼女に並んだ。義治は材木の流れる掘割の横へ自転車を止めた。二人はしょざいなく立っていた。

「どうだい、いい客がくるか」

「さっぱり駄目ねえ」

蔦枝はしゃがんで材木を眺めた。一旦別れればもうこんなことを聞き合うのかと、味気なさで溜息が出た。しかし他にどんな話があるというのだろう。

「あんた、前借りできない？　田舎へ送ってやらなきゃならないのよ」

「昨日の今日だよ」

「売上げをちょっとちょろまかせばいいじゃないの、甲斐性がないわね」

「ああ俺は甲斐性がない。だから月給まで棒に振ったんだ」

またそれをいう、と蔦枝はいやな気がした。月々一万円やそこらの金をとるてだてがなぜ大の男に浮ばないのかと、歯がゆくてならない。金のないところには生活も幸福もありようがないし、男としての値打もないのだと思う。蔦枝はいま着ている垢じみた人絹お召《めし》を、もうそろそろさっぱりしたものに変えたかったし、田舎の妹にも小遣の少々位送ってやりたかった。一人の男を守っていてそれだけの代償も与えられないのは馬鹿馬鹿しい。世の中の細君たちがその保証のために貞操を守っているのと同じなのにと思う。

「今晩、少しでも持ってきてよ」

蔦枝はねばり強く言った。義治をいじめることが快感になった。彼はだんだん気難しく額に皺をよせていった。

「金は出来ない、こっちが貰いたいほどだ」

「ふうん、じゃあいいわ」

蔦枝は立ち上って、水に裸身を横たえたような材木めがけて小石を蹴った。義治はむっつりと物も言わない。生きるために身をひさいでいた蔦枝を思うと、どうにかしてやらなければならないと思う。そのことが喉《のど》の渇きのような苦しさで身をせめてくる。金だけが女を支配する力だとしたら義治はもうどうすることも出来ない。

蔦枝は歩き出した。義治はそのあとから自転車を引いて、のろのろついていった。

「じゃあ」と蔦枝は曲り角で、そっけなく言った。

「……今夜ゆくから」

義治はそう呟《つぶや》いて手を出したが、蔦枝は返事もせずに歩いていった。霧雨が降り出してきている。彼女は男から離れてゆきながら、自由にはなりきれなかった。義治と自分のなかにきずなのあることが、重たくてならない。

雨のせいか、一日中店は陰気だった。客もないので蔦枝は店の壁に背をもたせながら考えこんだ。あんな無心をして、義治は自分に愛想をつかしたろうかと思う。煙草を買う才覚もつかないのではないか、子供のようなところのある男だから、と思った。それでいてやさしい心根をもった人で、自分は彼によってだけやすらかさを味わい、肉親のような甘え方で心を宥《ゆる》すことが出来たと思う。しかしそれも遠い記憶のような気がする。いつからか人を信じもしなければ、自分を信じもしない習性が身についているせいか、心許《こころもと》ない気持が先にたった。彼女には明日を信じることはできない。

のれんの外から、思いがけず元気な声と一緒に落合が入ってきた。彼の色艶《いろつや》のいい、陽気な顔が現われると、店は一ぺんに明るくなった。蔦枝は飛びつくように迎えて、声高におかみさんを呼び立てた。

落合は藍色《あいいろ》の結城《ゆうき》を着て、この前より男ぶりがぐんと上ってみえた。前額が少々うすいせいか、本当の年より老けてみえる。宴会の帰りで、先夜の梅酒の借りを払いによったと言ったが、明らかに蔦枝が目当てだった。落合はしけた塩豆でビールを飲みながら、今までいた宴会の噂《うわさ》をした。きれいな着物を着ているくせに器量の悪い女たちが、へんに上品ぶったサーヴィスをするので、胸くそが悪くてならなかった。どうせ遊びならもう少しざっくばらんに願いたいという意見だった。

「上品なのが気に入らないというと、下衆《げす》の生れがばれるかな」

落合は苦笑しながら、これでも神田川の水で産湯を使って、隅田川で泳いだものだと自慢した。

「こないだまであたしも隅田川のそばにいたんですよ。川って大好きさ、せいせいする。一度でいいから川上から川下まで舟で行ってみたかった」と蔦枝は言った。

「そんなことはわけない。ポンポン蒸気に乗りさえすれば、川上は千住大橋から、川下はお台場まで出られる」

「へえ、ポンポン蒸気が今でもありますか」

おかみさんが驚くのを、逆に落合はあきれてみせた。

「でも、今でもあんなものに乗る人があるかと思って。私の子供の時分は浅草《あさくさ》へゆくのにいつもあれでした。永代橋《えいたいばし》の下の舟着場で待っていると、艀《はしけ》がゆらゆら揺れましたっけ。あの蒸気船がポッポッポッポッと発動機を唸らしてくるのは、いいものでしたよ」

「案外速力もあったからね」

「船室といってもほんの板敷のベンチで、そこに押し合ってかけると、きまって物売りが口上を始めましたっけ」

「そうそう、暦を幾冊も取り揃えて、一組十銭位で売ったものだった。絵本もあった」

落合も興がった。

「薬もありましたし、金太郎飴《あめ》なんか、よく買ったもんですよ。あんた知らない、金太郎飴」

おかみさんは飴の中から金太郎の顔が出てくる極彩色の飴の説明をしたが、蔦枝は見たこともなかった。その飴を売るのがちょん髷《まげ》の飴屋だといいかけて、おかみさんは渋い顔をした。

「それほど昔の話でもないのよ、大正の終りから昭和にかけてのことですよ」

蔦枝はまだ生れていないのだ。そして利根川の長い堤と、川葦しか目に浮ばない。彼女の子供時分は戦争中でなんの潤いも与えられなかった。明け暮れただ水辺に棲《す》んで貧しく暮した。それでいて川の話は対岸を見るようになつかしい情景を彷彿《ほうふつ》とさせた。東京を一歩も離れたことのないおかみさんにこの気持は理解されないだろうというと、落合も同感で、自分も蔦枝と同じ感慨を味わったことがあると言った。

「中国の詩に、不尽の長江《ちょうこう》は滾々《こんこん》として来《きた》る、というのがあった。揚子江《ようすこう》のつきせぬ流れは、これは悠久の太古さながらだったな。僕は兵隊だったせいか水の岸に立つときは、はるかに隅田川だの東京湾の海を思い出して、実に感傷的になった」

落合はそれまで東京の街に川があることさえ忘れていたのだ、と言った。

「そんなものですかね」

おかみさんは、ふっと遠い目になった。盛岡に流れついているという亭主も、深川の生れだから、折にふれて洲崎や月島の水の流れを目に浮べているかと思ったのだ。

落合は蔦枝の顔へ、感情のこもった目を移して、

「腹が空いてきた。そこらで寿司《すし》でもつまんでこないか」

蔦枝はその目に誘われて、腰を浮せた。ゆきかう目は男と女の暗黙の了解があった。おかみさんは上得意になりそうな落合のために気持よく二人を出してやった。男の開いた傘に入って、いそいそしながら蔦枝は出ていった。嫋《たお》やかな身体が一つの傘の中ではまつわるようにみえる。おかみさんは首を伸して、二つの影が橋の前から折れて電車通りの方へ消えてゆくのを覗いてみた。あの客はやっぱり気があるようだと思う。男というものはどうしてこうげてものの好きなのか、遊廓の入口で飲み屋の女をとやこうしなくてもよかりそうなもの、とおかみはあきれた気持だった。

それから卓の物を下げようとして盆にのせていると、ふっと冷たい風が吹きぬけてくるのを感じた。顔をあげると、何時《いつ》きたのか目の前に男の顔が寄ってきていた。お

かみさんはぎくっとして、男の顔を三秒ほど見てから、義治だと気づいた。

「あ、びっくりした」

いまいましい気持で、おかみさんは無遠慮な男の顔へ強い調子の声になった。

「なに用です」

「蔦枝はいませんか」

「今しがた、お客さんと御飯を食べに出てゆきましたよ」

義治は眉《まゆ》をよせて信じかねる表情になった。まだ馴染客もないはずの蔦枝が、客に誘われて外へゆくとは考えられない。

「どっちへ行きました、橋の中か、外か」

「さあ、外のようでしたね」

義治は雨の降る道へ飛び出していった。うまくゆけば追いつきそうな可能性があった。おかみさんは妙に追いつかなければ好いがと気を揉《も》んだ。義治に対して意地悪になっている自分には気がついていない。橋を渡った際の交番あたりから、高い怒声が立ってきたので、また喧嘩《けんか》かと思いながら、おかみさんは客の食べ残した塩豆を口に放りこんだ。

雨がやや本降りになってきた。しばらくして雨にぐっしょり濡れた義治が、髪を額に乱し、ワイシャツを濡らして帰ってきた。へなへなのワイシャツが若い男の身体の筋肉にまつわって、汗くさい体臭が匂った。おかみさんは目をそらして、やっぱり見つけ出さなかったことにほっとなった。義治は焼酎をもらって飲んだ。おかみさんが蕎麦屋の居心地を訊ねたが、ろくに返事もしなかった。時々自動車の警笛の鳴るほかは店も外も静まって、時計の秒針もきかれそうな沈黙が続いた。もしこのまま蔦枝が帰らなかったらこの男はどうなるのかと眺めると、生活力のない若い男が、ふっと哀れでないこともない。おかみさんは自棄酒《やけざけ》を呑む男の目が充血してくるのを見て、少し不安な気持になった。

義治の雨に打たれた身体には焼酎はよく効いた。目を放せばなにをするかしれない女への不信に、いたたまれない焦躁《しょうそう》と執着がからむのをまぎらすには酒よりなかった。しかし酒は感情を一層亢進《こうしん》させるのに役に立った。彼は二杯目の焼酎を飲み干すころから目が据《すわ》ってきて、魂が酒に魅せられて人変りしてゆくときの無気味な殺気を漂わせてきた。彼はおかみさんに絡みはじめた。蔦枝がその客と消えた宿をもしありていに教えてくれないならば、自分にも考えがある、という怨嗟《えんさ》とも脅迫ともつかない声だった。お寿司を食べに行っただけですよ。慌《あわただ》しいおかみさんの証言を、彼は決して容《い》れようとしなかった。おかみさんは怖気《おじけ》づいて、途方にくれた。蔦枝がどんなにいそいそと随《つ》いて行ったにしろ、まさか一、二度来た客と泊りにゆくことまで考えてはいなかった。

「それじゃあ、まるで娼婦じゃないの」

するとと義治はぎくりとして、おそれていたものに突当ったかのように顔色をかえた。遊廓の前まできた男がそれほど淡白に女を帰すかどうか疑う彼の気持は、おかみさんの言葉で決定的になった。彼は蔦枝の本性を知っている。この不安はおかみさんにも移った。一つ傘に消えていった男女はやっぱり下心があったのだと思うと、この場をどうしたものかとそれが気にかかる。あれらもあれらだが、目の据ったこの男は痴情に狂ってなにをしでかすか解らないと思うと、冷たいものが背筋を伝った。おかみさんは急に男に向って役にも立たない気休めを言った。

「すぐ帰ってきますよ、どうせ近所でしょうから」

だが義治の瞼《まぶた》に浮ぶのは、店に出ていた頃の蔦枝でしかない。濃い化粧をし、嬌声をあげ、毒気を吹きつけてくる媚態《びたい》のさまだった。彼女の口説も動作も彼には手にとるばかりだった。彼は残りの酒を一気に干すと、椅子を引っくりかえして立ち上った。目の血走った異常な形相で、風のように出ていった。おかみさんは刃物で頰《ほお》を撫《な》でられたかと思った。なにも知らずに寿司屋を出た蔦枝が、矢庭に男の逆上した暴力に引きずられて、どこまでしょっ引かれるか解らない。橋のすそのあちら側の暗い共同便所の陰の惨劇がまざまざとしてくると、おかみさんは小さな悲鳴をあげながら、あたふたと店の戸に鍵《かぎ》をかけて電灯を消し、店終いをした。共同便所の陰で、前に一人の女が殺されたという記憶が生々しく浮んでくるのだが、それは別の場所にあった新聞記事の記憶かもしれないのである。錯乱したおかみさんには解らなくなっている。雨だれが軒を伝う音も滅々としている。おかみさんは床の中に眠る子供を頼りに這《は》っていったが、心細くて座敷の電灯まで消す勇気はなかった。若い女と勝手に暮している良人《おっと》の行方が、たまらなく怨《うら》めしかった。

突然、家鳴りがするほど店の硝子戸が叩《たた》かれた。おかみさんの予感は的中した。彼女は飛び起きて、両腕に子供を抱えた。戸は乱暴に叩かれつづけた。おかみさんは膝《ひざ》頭《がしら》ががくがくしたが、意を決して、よろめきながら土間へ下りて暗い店の電灯をさぐって歩いた。硝子戸の一番上の素硝子に、暗い男の顔がぴったり張りついている。その目が仁王のようにくわっと剝《む》いて、ぎらついている。彼は戻ってきたのだ。

「あいつ、まだ、帰らないか！」

「……帰りませんよっ！」

おかみさんは金切声を挙げた。帰ろうと帰るまいと、自分の知ったことではない。心配ならば一晩中でも雨の中をうろつくがいい。しかし硝子戸を叩かれることは我慢がならない。他人のことでこちらの寿命を縮められるのは筋に合わない。

男の口が裂けて、硝子戸を慄《ふる》わすと、おかみさんは一段と狂気じみた声を張上げた。

「うちでは、女の番はしていないからねっ！」

男の顔が硝子戸からふっと離れた。おかみさんはふるえながら、恐いものみたさで硝子戸によっていって、戸外を透《す》かした。暗い雨に閉ざされて、洲崎歓楽郷一帯は灯を消したあとだった。人影も見えなかった。

次の朝、遅く起きたおかみさんは頭痛のする額へ絆創膏《ばんそうこう》を押しつけて、子供たちを学校へ追いやり、ぷりぷりしながら待ったが、蔦枝は戻ってこなかった。もう金輪際《こんりんざい》あんなふしだらな女はお断りである。うちは売春宿とは違うのだと口の裡《うち》に反復していると、少しは気が静まった。野良犬が残飯をあさって寄ってくるのを、足の先で追いながら外を見たが、橋も共同便所のあたりもなにごともなかった。

昼すぎになって、蔦枝は見違えるほどさっぱりした姿で帰ってきた。髪はきれいにセットされ、紫絣《がすり》の真新しいお召を着て、風呂敷包みを抱えてさっさとわが家の敷居を跨《また》ぐ足どりだった。彼女はおかみさんをみると、明るくわらって科《しな》を作った。ごめんなさいという気持だが、浮々していて、恥かしさも後ろめたさもない、莫連女《ばくれんおんな》のような厚かましい表情だった。

「ゆんべは雨だったし、あれから飲んじゃったんですよ。その代り今朝は日本橋《にほんばし》へ行って、これ買わせてやりましたわ」

ハイと言って、おかみさんへの土産物を差出した。おかみさんは出鼻をくじかれて、仏頂面のまま思わず手を出した。スフモスリンの反物で、四、五百円の代物《しろもの》だが、折鶴《おりづる》の柄ゆきがばかによかった。おかみさんは吊《つる》しにしろお召の着物まで忽《たちま》ちせしめた女の腕に、むしろ舌を巻く思いだった。これでは特飲街の女もかなうまいと思った。女というものはあんがいに生活力があって、どんなようにもして生きてゆけるばかりか、運さえ拾えるのかと思うと、ばかにならない気がしてくる。

「立派な着物じゃないの、あんたの」

するとも蔦枝は自分の着ている袷《あわせ》を誇らしそうに眺めた。

「そう悪くもないでしょう」

彼女は一晩がかりで勤めた男から、それだけの報酬を得てきていた。蟇口《がまぐち》の高を覗いたが最後、決してそのまま帰さない売春宿のいわば蛭《ひる》のような吸い口が、彼女の生き方にもあった。彼女は人絹のよれよれな着物から、こりっとした肌ざわりのお召に着更《きが》えただけで、目の前が明るくひらけた気がした。元気が出てくる、自信がもてる、なにか良いことがありそうな予感さえする。風呂に入って肌を磨き、髪を結《ゆ》いあげると、新しい心になった。ちょうど店に立っていた頃の張店どきの緊張に似ている。通る客と、袖《そで》を引く女との隠微な眩惑的《げんわくてき》な吸引作用、そこにだけ醸《かも》すも色の灯の下の頽廃的《たいはいてき》な性の取引、男は獲物といってさしつかえない。女たちは自分を懸命にみせびらかしながら、両袖のひろげた網で、搦《から》めよう、たぶらかそうと競争で媚態の限りをつくす。どうせすることは一つであって、媚態はヴァリエイションの術《て》にすぎない。それもこれも彼女にとっては仕事だし、生きることそのものなのだ。自分を商品として利用することが、彼女には一番生き易《やす》い、一番手馴れた生き方なのだ。彼女にはこれしか金を得る手段が身についていなかった。

おかみさんは満足そうな女に、反物の礼を言った。それからその分だけ緩和しながら、それでも女のめでたさに水をかけてやらずには気がすまなかった。彼女は昨夜義治が訪ねてきたことや、彼が蔦枝を追って、どんなに恐ろしい執念だったかを話すうちに、意気込んできて、念のために繰返し喋った。彼に捕まらなかったのは全く の僥《ぎょう》倖《こう》なので、

「どんな刃傷沙汰《にんじょうざた》になったかしれなかった、ほんとに思い出してもぞっとする」

昨夜は満足に眠ることもできなかったほどだと、おかみさんは頭痛を訴えた。蔦枝の顔はさすがに変った。ふーんと彼女は鼻白んだ。芝居気のある男ではないから、本心かもしれない。世間に向けては意気地なしのくせに、自分の女に向けてだけは何かの特権ででもあるように、すぐ殺すの、生かすのという男のわがままが癇に触ると、彼女は毒づく表情になった。

あんな意気地なしの男に、なにが出来るものか、蔦枝の薄い唇はまくれあがった。それほど心配なら誰にも触れさせない部屋へでも入れてくれたらどうかと思う。二言目には死ぬのだという義治のような男のやれそうなことといったら、せいぜい自分を

川へ突き落すくらいのことなのだ。死ぬのはまっぴらだし、生きているからこそこんな色合の美しい着物も着られるのだと、蔦枝は袂《たもと》を撫でてみた。この着物を選んでくれた落合は物惜しみをしない男で、男前も悪くはなし、蔦枝はいやではなかった。蕎麦屋の出前に貢《みつ》いだところでどうにもならないし、落合を放さずにいる方が上分別だと思う。ねえ、そうでしょう、彼女はおかみさんに同意を求めた。勿論《もちろん》その通りだが、おかみさんにはなんとも返事のしようがない。

「あのお客さんは金放れがよくて、気さくだし、言うとこはないけど、一度こっきりかもしれないし」

「いいえ」と蔦枝は確信にみちていた。なまなかな飲み屋の女とは違う自信があった。

「そのうちアパートを借りてやるって言ってました。いつまでもここには居《い》られまいって」

「へーえ、言っておくけど、出る前に先の人とはきちんと話をつけて下さいよ。ずるずると雲隠れして、まるで私が隠したようにとられるのは懲々《こりごり》なんだから」

蔦枝は含み笑いで頷いている。おかみさんの嫉妬《しっと》がおかしかった。いつも同性は嫉妬するのだ。小綺麗なアパートの部屋に座って、自分の手でお茶を淹《い》れたり、ラジオを聴いたりしながら、男の訪れを待ってさえいればいいという暮しは、なんという気楽さだろうと思う。そんな生活に一旦入って、逆戻りしてきた朋輩をみたこともあるが、自分は違うと思う。落合が自分の前歴をしらずに、買いかぶっている以上、なんとか素人《しろうと》で通さなければならないし、それさえ守れば彼女はきっとうまくやってみせる自信があった。彼女は義治を少しも恐れていなかった。さっぱり別れてしまうことは造作もなかった。

灯ともし頃になると、おかみさんはそろそろ外が気になりだした。男がまた現われるのではないかと思い、まだやって来ないなと思う。まごまごしていると女は逃げてしまうのに、あの若者も馬鹿なものだと思ったりする。それとも店が忙しくて抜けられないのか、自棄になってどこかへ行ってしまったのか、なんとも薄気味悪くて気にかかる。おかみさんは男の子に蕎麦屋まで呼びにやらせることにした。なんとなく二人を会わせておいたほうが、後腐れがないような気がしたのだ。男の子はしばらくして帰ってきた。

「いなかったよ」

蔦枝は背中を衝《つ》かれたように立ち上った。

「いないって？　出前に行ってるの」

「知らない。今朝早く、どこかへ出ていったって」

「出ていった？　それで荷物は？」

子供はそこまで知るはずがなかった。蔦枝の目の色が変った。彼女は物も言わず表へ出ていった。おかみさんは呆気《あっけ》にとられて見送ったが、女の慌てかたが腑に落ちない。

客が入ってきたので、酒を出して世間話をしながらも、落着かずに待っていると、しばらくして蔦枝はぼんやりと戻ってきた。店と台所のあわいの柱によりかかって、頼りなく沈んでしまっている。さっきまでの気勢はどこにも見当らない。客が出ていってから訊ねると、彼女は腹立たしそうに、

「いないんです、ほんとに、どこ歩いてんだか……」

どんな料簡で出ていったのかと思う。

「かえって良かったじゃないの」

おかみさんは男が去ったと聞くと、拍子ぬけしながらも胸を撫で下した。これでいざこざは済んだと思うと、ほっとする気持だった。

「なにがいいもんですか、ひとを馬鹿にして。別れるなら別れるで、挨拶《あいさつ》の一つもすればいい。その位の礼儀はあたりまえじゃありませんか」

声が甲高《かんだか》く走った。唇を嚙みしめている女の気持が、おかみさんには意外だった。自分にも良人に逃げられた無念は胸に灼きついているけれど、あれとは場合が違っている。しかし所詮《しょせん》こうした感情は理屈では解らない。

蔦枝はへんにしょんぼりとしてしまって、自分で自分がどうにもならない滅入りようだった。自分のしたことが義治に背《そむ》いたとも、悪かったとも思わないのに、彼があっけなく離れていってしまうと、急に自分というものがあさましく、ああ私はやっぱり駄目な女なのかしらと思う。

夜更けのネオンが消える時刻に、若い客を送りながら一緒に橋を渡ってきた女が、細帯の姿で、のれんを外した店の中へ入ってきた。

「すみません、一杯だけ飲ませて」

女は若い男を抱くように肩へかぶさって、離れ難《がた》い風情《ふぜい》だった。蔦枝は二人の前へコップをおいて、ビールを注いだ。女は蔦枝を見ると、じっと目をそそいで、

「あら、あんた、前に「紅乃家《べにのや》」にいたひとじゃない」

「紅乃家」というのは、特飲街の外《はず》れの、堤防の際にあった。

「いいえ」

蔦枝は顔をそむけて、首を振った。思わぬところに伏兵のいた心地で、ひやりとした。やっぱりここは早く切り上げなければいけないと思う。

女は蔦枝から顔をそらすと、若い男の頸に巻いた手へ力をこめて引きながら、男の心がどこへもゆかないように、自分の唇で封じこめた。それだけしか男を繫《つな》ぎ止めるてだてのない懸命さで、コップの酒も男の口へ与えてやっている。蔦枝は自分の仕種《しぐさ》を鏡に映した心地で、切なくなった。身体で相手を捉《とら》えるしか出来ない自分たちが、それだけで相手を信じきれないときの不安や焦躁は、やり場のないものである。女はその焦りであがいているようにみえた。蔦枝は客を送り出すと、女の想《おも》いが移ったのか、あてどない悲哀に打ちのめされた。ああもう好きも嫌いもない。愛もへちまもあるものか、誰でもいいからこの泥沼を引出してくれるものが神様なのだと思う。義治とのどうにかなりそうだったゆめも結局は崩れてしまった。崩れてしまえば、義治などは三文の値打もない男だと思う。

風が吹くといがらっぽい空気の巻きつく下町界隈も、秋の日は朝夕が澄んで、黄昏《たそがれ》どきもおだやかなら、夜のネオンも美しい。お不動さまの縁日でおかみさんが買ってきたせんべいを、蔦枝がお相伴《しょうばん》にぽりぽり食べていると、スクーターのダッダッダッという騒がしい音が、門口に止って、ジャンパー姿の落合が下りてきた。蔦枝の頬は現金なほど耀《かがや》いた。気怠《けだ》るそうなからだが急にぴんと伸びて、走り迎えながら、忽ち情熱的な媚《こび》の動作に変った。彼女の生理はそのようにしつけられていて、鼻音は感情のしぜんな伴奏の役をしたが、それは偽りのものともいいきれない。彼女はこの瞬間の落合に恋していた。彼の顔も彼女に呼応してほかほかとゆるんだ。肉体で馴れ合った男女だけの宥した表情だった。

「部屋、見つかったよ」

「ほんと?　どこ、どこ」

蔦枝は待ちきれずに、男の胸へすりよったが、落合は焦《じ》らすたのしさで、すぐには教えようとしない。おかみさんが酒の支度をして出てきて、先程の反物の礼を述べながら、蔦枝の幸運を羨《うらや》んだ。アパートは神田川に沿った、とある高台の一室ということだった。手付をおいてきてあるが、明日にも行ってみてはどうか、と落合は言った。

蔦枝は今夜にも見にゆきたいほどだった。彼女の興奮した嬉《うれ》しがりかたは、少しばかり異常でもあった。

「アパートは逃げやしない」

落合は蔦枝の子供のような躁《はしや》ぎぶりを揶揄《やゆ》しながら、まんざらでもない気持の反面で、何一つない蔦枝の支度に首を傾《かし》げる気持もあった。まったく瓢箪《ひようたん》から駒《こま》が出たようなものだった。彼は自分ですら、ここまでゆくとは考えていなかった。これまでも女を囲ったことはなかったし、囲うつもりもなかったが、このゆきずりの女には、遊廓の際で誘われたおもしろさがたまらなく心をそそった。一歩過《あや》まれば女はすぐさま私娼街へ堕《お》ちるだろう、堕ちた女には興味を失うにきまっている。そんな瀬戸際の危さが落合の感じる魅力なのだった。彼は崩れかけて、ようやく支えているような蔦枝のふらふらした危さに気を惹《ひ》かれた自分を、半ばおもしろがっていた。金の続くうちはなんとかしてやろうと考える。この情熱は中年の落合には意外な満足だった。

彼は仕事を済ませたあとの気軽さも手伝って、陽気に飲んだあと、蔦枝と明日を約して再びスクーターに跨《また》がった。この逞《たくま》しい、大袈裟《おおげさ》な仕かけの車は、こけおどしな音を立てて、勇ましい進軍ラッパのように人を掻き分けて走る。蔦枝はその複雑げな装置の車に乗った落合が頼もしくてならない。

「立派だわねえ、これ高いんでしょ、一万円からするんじゃない」

「ばあか」

落合は蔦枝の無智《むち》を苦笑しながら、小遣銭を握らせ、エンジンを踏んだ。彼が手を挙げて颯爽《さっそう》と夜の巷へ消えてゆくのを、蔦枝は名残り惜しそうに一とき見送った。

明日から自分の生活が変るということに、蔦枝は酔い心地になっている。自分で知らずに鼻唄になった。彼女は奥へいって自分の風呂敷を拡《ひろ》げて手回りの品を掻き集めてみたが、手ぶらできてほんの数えるほどの日に一包みになった人間の生活のお荷物を、感心した目で確かめた。おかみさんが一緒に覗きこみながら、アパートの生活というものはどんなに暢気《のんき》でたのしかろうと羨んだ。いつも心のやすまる暇のない、しがない商売に追われた疲れと気苦労が、おかみさんの心をヒステリックにしているのだが、当分抜けられそうもない。蔦枝はいそいそと包みを結《ゆわ》え上げた。

ふいに、店先から男の声がした。

「つたえさん！」

そう呼んでいる。二人の女は顔を上げた。

「はい」

蔦枝は殆ど弾かれたように立ち上った。おかみさんはぎょっとして、咄嗟に蔦枝の袖を摑んだ。蔦枝はかまわずに、おかみさんの手を払って土間に下りると、走っていって店の外へ飛び出した。暗がりの中に面皰の浮き出た小僧が立っている。蔦枝はつきあたりそうな激しさで声を弾ませた。

「どうしたの、なにかあったんでしょ、あのひとどうしました！」

女の気負いかたに小僧は気を呑まれて、突っ立っている。

「早く言って！　どうだってば！」

蔦枝は地団太した。小僧は目を白黒させた。

「ええと、それが、電話だったんですよ。病院？　いんや、病院からじゃないや。宿屋だった。ええと、厩橋《うまやばし》の宿屋と言えば解るって。そうですか。そこへ金をもってきてくれってさ」

「……いつ、電話があったんです」

「さあ、二時間位前かな、忙しくて来られなかったんでね」

蔦枝は硝子戸に摑まって大きな息を吐いた。軽い眩暈《めまい》がして、全身から力がぬけていくようだった。一旦地の底へ滅入りこむと自分の声がへんに間遠に聴えてくる。

「どうもありがとう」

小僧はにやにやしてなにかませた野卑な言葉を囁《ささや》いたが、蔦枝は聴えなかった。彼が行ってしまうと、のろのろと座敷へ戻ってきた。

「宿屋にいるって」

おかみさんが訊ねた。蔦枝は上り框に身を投げ出した。ようやく我に還ると、目を据えて台所の一点を睨《にら》んだ。さながらそこに彼の顔があるようだった。

「馬鹿にしてるじゃありませんか。のほほんと宿屋にしけて、金を持って迎えにこいか、誰がいく！」

蔦枝は自分の言葉にあおられて、唇を嚙みしめた。あんまり思い上るな、と言ってやりたい。意気地なしの男がすることといったら、こんなことなのだ。死ぬ死ぬといった人間に死ねたためしはないのである。いっそ隅田川に投身でもしたら、まだしも男らしいと思わないものでもない。

「ねえおかみさん、わかったでしょう。あんな男になんにも出来やしない、怖がることはなかったんですよ。ほんとに、女を殴る力もない、食わすこともできない、とんだ色男です。男ってものは、暴力でもいいから、女に四の五の言わせないのが値打でしょうが……もうほとほと厭です」

蔦枝は吐き出すように悪態ついた。当の相手のいないことが残念でならない。一昨夜からのおそらく一文なしな義治の行方がしれた落胆で、男の正体はそんなものだったかと、蔦枝は興ざめした。このままでいったら、終いは義治を抱えて彼の食われ者になるに決っている。厭なこったと思う。

「能なし、死にぞくない、阿呆《あほう》、うぬぼれや……」

蔦枝は口に出して男を罵ると、このまま走っていって、もっと手きびしく義治の胸にとどめをさしてやらなければいられない、激しい感情に駆られてくるのだった。騙《だま》してても騙されたでもなしに、うまくゆかなかった失意の結果が蔦枝には口惜《くや》しかった。みんな男の意気地なしのせいだと思う。肉体だけが大人であって、義治の精神は不均衡な子供のようにだらしがないのだ。寂《さび》しがりやで、小心で、そのくせ無謀なところもあった。屋台へ入るのも気恥《きはず》かしくて、女をからかうすべもしらず、こそこそ隅にいってしまう男だが、メータクに乗ると、釣銭はいらないと見栄を張ったりする。そのくせ金がないと、忽ちしぼんでしまうのだ。するともうおどおどして自分を信じられない弱虫だった。大きな身体の肉塊は弾力をもっていて、どんな反応も示すのに、気持は一つのつまずきにも堪えられない男なのだ。孤独なせいか情に脆《もろ》くて、死んだ母親のことを語ったあとでは、蔦枝の胸に瞼を押しつけることもあった。彼の眠り方、吐く呼吸のそこはかとない匂い、彼の奇妙な三本だけ生えている細い胸毛、熟知した細部《デテール》、一心同体ともいえる鋳型《いがた》のなかの自分たち、逞しい筋肉と華奢《きやしや》な柔軟さ、黒い皮膚と白い肌理《きめ》の一対、男と女の造型は過去も未来もそれに変らない。義治はまだ二十五歳の初々《ういうい》しい、おどろくほど素朴な、未知のものに純粋になる男だった。蔦枝は彼のぷちぷちした腕や、潮風の味のする胸の厚みを思い浮べると、そこへ頬をのせたときの安らぎだけは忘れられないと思う。彼は自分に愛の手を差しのべてくれた最初の男といっていい。彼の手足はいつもかっかと燃えていて、蔦枝は冷えた足指を摑んでもらうと、熱い脈が通って、あ、生きる、と思ったものだった。

「お金もなしに、独りで、どんな気でいるのだか」

彼女は頰杖《ほおづえ》ついて呟いた。怒りの激情が去ってゆくと、肩が落ちていってしょんぼりした。自分だけをあてにして、心細く待っている男の顔が目先にちらついてくる。捨てると決めた男だけに哀れ深い。

とおかみさんが声をかけた。その声で蔦枝は顔を上げた。

「ちょっと、行って来ようかしら」

「ええ、どこへ、なんでさ」

「ほっておくと、自殺でもするんじゃないかと思って、一文なしですから」

「だってどうせ別れる男だろ。ほっておきなさい」

おかみさんは蔦枝の豹変《ひょうへん》を、びっくりして眺めやった。女の激しい気の変り方が呑みこめない。これほど危っかしい思いをさせる人間も珍しい、とはらはらするのだった。おかみさんは今夜男の宿へゆくのは賛成できない。どの道よいことはないに決っている。

「解ってます。ただ宿賃を渡してくればいいんです。それが手切金になります」

「なにも、今夜でなくても」

おかみさんが止めだてするほど、蔦枝はその気になってゆく。このままで男を見捨てるのは、なんとしても後味が悪かった。バスで行って帰ったところで、しれた時間しかかかりはしないだろう。

「もう、寝たら」

蔦枝は逸早《いちはや》く立ち上っていた。気持が先へ先へと身体を引きずってゆくのだった。明日は落合とアパートの部屋を見にゆかなければならないことも、脳裏にきざみついている。それとこれとは別だった。今日は明日とは違う。今はまっしぐらに自分を呼ぶところへゆくしか仕様がない。彼女は目を光らせ、一途な表情になって、ゆるんだ帯へ手をやった。

秋晴れの美しい日だった。

真昼どき、裏手の河から賑やかな声が立ってきたので、おかみさんが覗くと、今しも数人の娼婦たちが橋の際からボートに乗ろうとして、騒いでいるところだった。二艘のボートに危い腰つきで乗り移った女たちは、着物を着たのもいれば、洋服姿のもいて、ちょっと見には世間の娘たちと変らない。橋の上には通りすがりの者まで立ち止って、口笛で囃《はや》し立てている。運河の水は日ざしを受けて煌《きら》めいていたし、白いボートの上の女たちは愉《たの》し気だった。オールを握った女が後ろ向きに漕《こ》ぎだすと、二艘のボートは滑り出した。なかなか巧みな漕ぎかたで、海辺育ちの生い立ちに見える。ボートが流れ出すと、女たちは少女のように手を振った。橋の上からも、河沿いの家の窓からも、これに応える声がした。ボートは運河を出て月島の湾をまわると、葦《あし》の川辺はほどよい遊覧コースなのである。

　おかみさんはボートを見送ってから、七輪を店先に持ちだして火を熾《おこ》そうとした。そのとき落合が豁達《かったつ》な足どりで店へ入ってきた。おかみさんは債権者を迎えた者のように後じさりに目を伏せた。この場をどうして繕ったらよいか解らない。落合は入るなり、反射的に、

「蔦枝は？」と聞いた。髪でもセットに行ったと思ったのだ。

「さあ、どうぞ」

　おかみさんはビールを運んできて、自分の卓の前に掛けた。なんと切り出したものか、途方に暮れてしまう。蔦枝は昨夜から帰らないし、もう戻ってくることもないだろうと思う。おかみさんは懐《ふとこ》ろに札束を抱いて希望にふくれたような男のかおへ水をかけるのは、いやな役だと思う。それでも隠せるものでもないので、蔦枝が昨夜から前の男と撚《よ》りを戻して帰らない顚末《てんまつ》を話した。

「ひもつきか」

落合はおかみさんをまじまじと眺めた。そんなこともあるだろうと予測しなくもな

かったが、まさかと思っていた。あれほどよろこんでいた蔦枝だし、男と別れ話をつけに行ったのではないかと思う。彼にはそうとより考えられない。あの女は熱中する質《たち》で、一本気で、そう嘘が言えるとは思えない。

「案外、今から帰ってくるんじゃないか」

落合は未練かもしれないが、そんな気がした。おかみさんはそういう男の自惚《うぬぼれ》を、哀れむ気持だった。

「いいえ、もう帰っちゃきませんよ。さっき男がきて、荷物を引取ってゆきましたもの」

落合の顔色は、さっと変った。彼はなにか言おうとして、代りにビールを口へもっていった。あの女の話した身の上話がでたらめだったとしても、あれほど情熱的に身をまかせた気持には、自分によって新しい生活を持ちたいと願う思いがあったのではないか。愛人があったとしたら、あれほど易々《やすやす》と身をまかせはしないはずだろう。

「男がうしろで操っているのと違うかね。それとも誰にでも自由になる女か、どちらかだ」

「それですよ、すぐ身をまかすのは商売なんです。あのひとは特飲街《なか》の「紅乃家」にもいたことがあるらしい、娼婦上りですよ」

「ほんとか」

落合はいかにもショックを受けたように、興奮した面《おも》ざしになった。

「だから、娼婦なんぞ、その場だけのもんですよ。色町の女はそんなように出来てるんです。人としてはいい子でも、二度とまともになれない毒気に冒されてるんです。殿方は浮気の虫だから遊ぶのを留めはしませんが、一番大切なのはやっぱりおかみさんてことです。蔦枝ちゃんも悪いひとではなかったけど、引っかかればあなたの損でしたよ」

落合は興ざめた気持で、蔦枝の何喰わぬ顔を思い浮べた。逃がしてしまった惜しさもまだ多分にあったが、ほっとした気持も争われない。危かったことだと、財布に手をやる気持だった。

「きっぷのある、おもしろい女だったが、ひどいもんだ」

おかみさんも相槌《あいづち》打った。あの女はやっぱり義治と別れられなかったと思うと、不《ふ》憫《びん》な気もする。これからどうやって生きてゆくつもりか、どうせは堕ちてゆくより道がないだろう。

落合は白けた面持で黙ってビールをあけ、おかみさんも無言で注いだ。のれんの間からふいに見知らぬ女が半身入れて、お辞儀した。紺地のスカートに臙脂《えんじ》のセーターを着て、下駄を履《は》き、手にビニールの風呂敷包みを抱えている。二十一、二の女で、ひどい器量だが、化粧は一人前にしてあった。

「女中に置いてもらえないでしょうか」

にこにこ笑っている。おかみさんは身じろいで、にべもなく言った。

「折角だけど、もう決りましたよ」

女は落合に手を出して、煙草を一本無心した。落合が火をつけてやると、唇をつきつけて火を移し、美味《うま》そうにぷかぷかと吸いはじめた。

「どこから来たのさ」

「埼玉です」

「玉《たま》の井《い》だろ」

落合が冷やかすと、女は手を挙げて、これでもあたし堅気ですよオと言った。煙草を吸い終えると、女は礼を言って出ていった。おかみさんは溜息ついた。ああいう女は永久にあとを絶たない気がする。

「また来る」

落合は立ち上って、あっさり帰っていった。また来るかどうか解らない。おかみさんは客を見送って、秋陽にぬくむのれんの外へ目をやった。昼下りの洲崎界隈はひっそりとしずまっていた。

黒い炎

深川の木場に近いせいか、この辺はどの町も運河に囲まれていて、どちらを見ても川と小さな橋になっている。こんなに川があるのに、なぜ空襲の時やられてしまったかと思わすほどだった。京子《きようこ》は川風の吹く台所で正造《しようぞう》の弁当を詰めてきて、手渡した。豊洲《とよす》や月島の工場の汽笛が鳴っている朝だった。未《いま》だに瓦礫《がれき》の残っている空地にぽつぽつ家が建っていて、近くの造船所や木場などへ勤める者が多かった。京子は造船所へ出る良人《おっと》を送り出しながら不機嫌にしていた。

「やっぱり上野《うえの》まで迎えに行かなければ駄目かしら」

「東京は初めてだろ」

「ほんとに厭《いや》になる」

京子は舌打した。姉の久子《ひさこ》がたどたどしい文面で、東京へゆくという手紙をよこしたのはついこの間で、京子はすぐさま断りを言ってやった。ところが中二日置いて今朝、上野駅へつくという電報がきたのだった。田舎であれだけの事件を引起した久子だから、今更そこへは戻れないだろうが、そうかといって東京へ出てこられるのは迷惑だった。京子がいつになく閉口しているのを、正造はかえって面白がりながら、迎えにいってやれよと言って出ていった。京子は久子とはもう三、四年も会っていない。

手紙をやりとりしたこともなかった。姉を可哀《かわい》そうだとは思うが、出来ることなら関《かか》わりたくはなかった。しかし出てくる以上、放ってもおけない。あの姉のことだからまた何をしでかすか解らないと思うと不安だった。

昼過《ひる》ぎ、京子は掘割に架けられた吊橋《つりばし》のように揺れる橋を近道して洲崎神社のわきをぬけ、洲崎特飲街の橋のそばの「千草」へ寄った。

「こんにちは、おかあさんいます」

狭い店の中はがらんとして、奥で転《うた》た寝していたおかみさんの徳子《とくこ》が起き出してきた。京子はいつも身綺麗《みぎれい》にしていて、黒いタイトスカートに枯葉色ジャージのブラウスを着て、細い胴を赤いバンドで締めている。徳子は手を伸してブラウスに触りながら、これも自分で縫ったのかと訊《たず》ねた。京子は「千草」をやめて正造と結婚してから、一年あまり洋裁に通っているのだった。

「この間正造さんがきて、こぼしてたわ。明けても暮れてもうちの奴《やつ》は洋裁で、僕が帰っても御飯も食べさせない、もう離縁だ、離縁だって」

京子はふふっと笑ったきりだった。

「じゃあ店《うち》へ返して下さいよって言ったら、今離縁するのは損だ、ミシンも買ってやったし、ベビー箪笥《だんす》も買ってやったし、洋裁の教材でどの位生地を買わされたかしれやしない。俺《おれ》のものは何一つ買ってない。これで別れたら丸損だからやめたって」

徳子は正造が飲みにきてくれるのを愉《たの》しみにしているのだ。正造は堂々とした体格の男で、酒にも強いし、親切だし、払いも悪くない。京子が客の中から正造を選んだ気持はよく解ったが、この二人はいつ頃から馴染《なじみ》になったのか、徳子はさっぱり知らなかった。京子はどの客にも隔《へだ》てなく上手にサーヴィスしていたものだ。「千草」へきて働いた女の中では一番客受けがよくて、身持もしっかりしていた。夜遊びや外泊など滅多になくて、お金もきちんと貯《た》めている。彼女が「千草」へ来たのはまったく偶然で、ある夏の夜、橋の際に金魚売りが出ていたのを特飲街へゆく客や、近所の子供が立ってみていた時、風呂敷包みを抱えた彼女も通りすがりに覗《のぞ》いていた。彼女はネオンの灯《とも》った橋を渡って歓楽街へ行こうか、どうしようかと迷ってから、橋の袂《たもと》の「千草」に「女中さん入用」の紙が張り出してあるのを見て、入ってきたのだ。

彼女はそれまで外食券食堂や中華蕎麦《そば》屋に働いていたのがつまらなくなって、当てずっぽうに亀戸《かめいど》から歩いてここまで来たのだ。化粧をするとめきめき綺麗になって、彼女が立っていると通りがかりの客も入ってきた。どの客にも万遍なく愛想がいい代り、どの客と親しいか、徳子でさえ解らなかったのに、いつの間にか正造と映画など見にいっていたのだ。正造には死んだ妻の生んだ五歳になる女の子があったが、これは彼の姉が育てている。京子はそれも承知で、十一も年の違う正造と結婚したのである。

「うちのひとは相変らず飲んで困るわ。結婚する前は飲みっぷりのいいお客が好きだったけど」

京子は冗談まじりに言って、乗り出した。

「おかあさん、私の姉さんが東京へ出てくるんですけど、ここで使ってもらえない」

「あんたに似たひとなの」

「それがねえ」

京子は詰った。自分とは似ていないし、昔の姉と今の姉とどれほど変ったかも見当がつかなかった。恐らく最悪の変りかたを想像した方がよいかもしれない。姉は子供の頃からしんねりむっつりしていて、思ったことをはきはき言う明るい質《たち》ではなかったし、人付合もうまくはないから、きっと陰気くさく変っているだろう。客商売には不向きだと解っているけれど、京子にはほかの就職口は探せそうもなかった。

「ともかく一度連れてきますから」

彼女は腕時計を見て、たいへんだと言って立ち上った。

上野駅には彼女も滅多にくることがない。郷里には今も兄が家庭を持っているが、姉のために肩身の狭くなった京子はあれ以来故郷へ帰る気もしなかった。汽車がホームに入ってくると、京子はホームの外《はず》れに立って降りる客の中から姉を見出《みいだ》そうとした。二十七歳になった姉はどの位老けたか、小柄で三角眼だったがと思う間に、汽車からはどっと乗客が降りてきた。遠く直江津《なおえつ》を回ってくる汽車なので、大きな荷物を持った田舎客が歩廊を埋めて、まるで洪水のように溢《あふ》れてくる。この大群の中から一人の肉親を探すのは容易でない。女の顔から顔へ目を走らせているまに、人の波は過ぎてしまう。京子は人に逆いながらホームの外れまで探してみたが、姉は見当らなかった。改札口を出て構内をたずね歩き、二つの出口も行ってみたが、久子の姿はなかった。京子はがっかりして少し不安になったが、いつまで立っていても仕方がないので電車に乗って洲崎まで帰った。家の前までくると、荷物を持った女が立っている。

「姉さんじゃないの」

振向いた小柄な女は青黝《あおぐろ》い顔に紅白粉《べにおしろい》もつけず、髪も今どき珍しくパーマネントもかけずに三編みにして巻いてあった。服は紺サージのスカートに茶のセーターで、いかにも流行おくれらしく窮屈な、膝《ひざ》がやっとかくれるほどの短いスカートだった。彼女は京子を見ると無愛想な表情でじっと三角眼を据えた。京子はひやっとなった。ただいま女囚刑務所から出てきましたと、その顔に書いてあるのだ。

「京ちゃんね、あんまり綺麗になったから」

久子はやっと妹を確かめたらしく、表情がゆるんだ。目が和《やわ》らいで口辺に微笑がうかぶと、思いがけず笑靨《えくぼ》が出来て愛らしくなった。京子は急いで家の戸口をあけて姉を案内した。狭い家で、玄関の二畳の左右に六畳と三畳の部屋があるきりだったし、三畳の方は造船所の臨時雇の男に貸してあるので、差し当って久子の寝る場所は玄関の二畳しかなかった。

「ここじゃ狭くて仕様がないから、そのうちどこか部屋を探してあげるわ。それともどこか住込みで働いたらどうかしら。住込みだと丸々お金が残ってよ。人間てお金だけが頼りだわ、お金だけは持っていなくちゃね。私が働いていた店へ行ってみたらどうお。お客の中からこれはと思う人と一緒になるのが、私たちのような東京に身寄りのない者の一番てっとり早い方法ですよ。姉さんだって早く身を固めなければいけないわ」

「お金なら、持っているわ」

京子がへーえといった顔をすると、久子は古びたハンドバッグの中から蟇口《がまぐち》を出して、折り畳んだ千円札を数えてみせた。六枚あった。これが三年かかって作業時間に働いたお金の全部であった。彼女は模範囚で、三年半の刑期を三年で出てきたが、その副産物としての六千円で当分生きてゆける気がしているのだった。これでは明日からが思いやられる、早く仕事を探して出て行ってもらわなければと京子は思った。

「どうお、娑婆《しやば》に出てきて」

「空気の味も違うし、色が美しくて吃驚《びつくり》したわ。赤や紫をみると胸が動悸《どうき》するわ。人間の顔がみんな生々して動いてるのね。自由ってすばらしい宝だわ。自由がなければ生きていてもなんにもなりゃしない！　この三年間、どんなに外へ出たかったか、あの辛《つら》さは忘れられないわ。指を一本切れば外へ出してやるといわれたら、私指を切ったでしょう！　京ちゃんには解らない、それほど私は出てきたかったの」

久子の頰《ほお》は紅潮してきた。小さな三角眼が熱をおびて光ってくると、彼女の顔はまた一変した。恐らく三年間の暗い鉄格子の中の生活の記憶が甦《よみがえ》ったのだろう、彼女は興奮した面持で、そこでの生活がどんなに単調で灰色に充《み》ちた絶望的なものであったかを訴えはじめた。京子はどこか偏狭な姉をみていると気味が悪くなった。久子には三年間の抑制された生活で矯《た》めされ馴らされたあきらめの境地というものがない。今もって久子にはあんな大それた事件をしでかした発作的な性格が、潜在しているように見えた。

京子は姉に昔のことは忘れなさいと言った。暗い過去は忘れてしまったほうがいい。姉はまだ二十七歳なのだ、これからでもやり直しができる。まず髪をパーマネントして、顔に白粉を刷いてみることだ。明るいブラウスでも着てみたら、無愛想な仏頂面が明るくなるだろう。女は服装一つで気持が変るものだ。男がふりむけば彼女の心も和《なご》んで、自信が出てくるかもしれない。生き方一つでこの世の中は自分のために在《あ》るのに、そのことに気がつかない姉は可哀そうだと京子は思った。

その日の夕方、京子は姉を案内して銭湯へ出かけた。細い、人一人が通れるほどの吊橋を渡ると、久子は怖がった。両側はコンクリートの堤防になって、ちまちました家が並んでいる。川は澱《よど》んでいて材木が筏《いかだ》になって浮いていた。川の向うの銭湯の女湯は混んでいた。若い女がずらっと鏡の前を占領しているのを久子が不思議そうにみるので、京子は娼婦だと教えてやった。この先の運河を一つ渡ると特飲街で、百軒からの店が並んで女たちが客をとるのだと説明すると、久子は険しい目付で女たちをじろじろと見た。京子は姉の背中を洗ってやって、自分は丹念にぬか袋で全身を磨いた。きれいになることが女の第一条件だと教えるために、京子は姉にもぬか袋を与えた。姉のそそけた皮膚に艶《つや》を出すためには、当分これを実行させなければなるまい。しかし久子はぼんやり手をとめて、若い母親が赤ん坊を洗うのをじっと凝視《みつ》めていたりした。彼女はまだこの種々さまざまな女の世界に、自分を同化できないで、夢をみているような気持なのだった。

二人が湯から上って、着物を着はじめているとき、異様なサイレンが鳴って、消防自動車の走るのが聴《きこ》えた。

「火事だわ」

脱衣場の外を人の走る音がする。窓の外はもう夜になっていた。案外近くが火事らしい。消防自動車のサイレンがあとからあとから続いて鳴り続けた。湯舟から人が飛び出してくる。脱衣場は混乱して子供が泣く。みんな我勝ちに着物を纏《まと》うと、ぶつかりながら外へ走り出た。京子は消防自動車の走る方向が自分の家の方なので、あたふたと支度をし、姉を急《せ》き立てて外へ出た。通りへ走り出て、一つ曲ると川の向うに炎《ほのお》が見えた。大きな二階家が今しも火焔《かえん》を噴いてめらめらと燃えている最中だった。暮れた夜空に紅《あか》い炎が花火のように火の粉を撒《ま》きちらしている。ホースの水が一条になって四方から挑戦しているが、火勢は激しくて一気に怒り狂ったまま燃えている。京子の家は燃えている家のうしろの方で、小さな運河を隔てていた。一丁ほどは距離がある、まさかそこまで火の手は伸びないだろう。ほっとした気持と、半分の不安とで、彼女は火事の成りゆきを見守った。

火焔は恣《ほしいまま》に猛威をふるって、その絶頂に達した。二階家がその木組の一つ一つを崩してめらめらと叫びながら落ちていった。そのたびに火焔は天を衝《つ》いた。家が落ちると、京子の周りから、「ああ!」と感嘆するような声があがった。

道路は水びたしで、消防夫だけが更に新しいホースを持って走ってゆく。いつの間にか警官が出ていて、見物人を道路の端へ押していった。

京子はふと自分の肩へ倒れかかってくる重さを感じた。見ると久子が慄《ふる》えながら自分の肩に抱きついてきているのだ。彼女の歯はカチカチ鳴って、その顔は恐怖で凍りつきそうだったが、双の目だけはかっと大きく見開いて、食い付くように火焔を凝視めている。彼女は何か小さく叫びを上げた。一瞥《いちべつ》して京子は姉が気が狂ったと感じた。卒倒する予感がした。

「姉さんっ」

彼女は姉を抱きしめて揺すった。家が崩れ落ちると、急に火勢はゆるんだらしい。その時になって京子はようやく、姉が放火犯であったのを思い出した。

翌日の朝、久子は東京都の地図をひろげて、正造に蒲田《かまた》という処《ところ》へはどう行くのかとたずねた。正造は国電でゆく方法を教えた。正造が勤めに出てゆくと、彼女は京子に昼の弁当を作ってもらって外へ出た。京子がどこへ行くのかと繰返したずねたが、久子は頑《かたく》なに答えなかった。彼女は昔から頑固なところがあって、子供のころそのために母に叱《しか》られて納屋《なや》へ入れられると、今度は出ておいでといっても決して出てこない。自分を傷《いた》める絶食によって母に復讐《ふくしゅう》するのだった。母が感情的になって泣き出すと、自分も初めてぽろぽろ涙をこぼした。こういう性質なので、言いたくなければどんなに訊ねても答えないのは当然だった。

彼女は蒲田という駅に降りて、そこから地図を頼りにして、長いことごみごみした町の中を歩いた。彼女はたずねる家の所番地を書いて持っていたが、交番で聞く気にはなれなかった。交番で聞くやいなや自分の前身が発《あば》かれるような不安のためだった。彼女は工場街をさまよい歩き、引返してきて貧しい家の並ぶ路地に入った。子供が大勢たむろしている横を通って、一軒一軒低い庇《ひさし》の表札を覗いてゆくと、ボールペンの看板の出ている家がたずねる小原《おはら》の家だった。久子は疲れていたが、生き返った表情で案内を乞《こ》うた。ボールペンを削る機械の音が止《や》んで、汚いズボンの男が出てきた。それが小原だった。久子がお辞儀をすると彼はまじまじと彼女を眺めてから、

「久子さんじゃないか」

かなりな驚きようだった。彼は久子と全部合せても三度位しか会ったことはなかったのだ。それでもすぐ畳のある部屋へ通して、妻に茶を淹《い》れさせた。

「長いこと御苦労だったね。あんた何時《いつ》出てきた」

「五、六日前です、色々御心配かけました」

「よくここが解ったね」

「一度頂いたハガキを大切にしまっておきましたから。山崎千尋《やまざきちひろ》はいまどこにいますか」

彼女の訊ね方があまりに正面きったものなので、小原は面喰《めんくら》った。彼は千尋があの事件のあと東京へ出てきたことは聞いていたが、一度も会ってはいなかった。千尋とは遠縁関係だが、あの事件ではむしろ久子に同情していたので、東京へきても千尋は彼をたずねようとはしなかったのかもしれない。

「僕は千尋君の居所は知らないのだが」

するとと久子の顔にみるみる失望の色が走った。彼女はここへ来さえすればかつての良人の居所は知れると信じていたのだ。

「ではどこを探したらいいでしょう」

「あんた、今更あれと会ってどうするの」

小原には今になって千尋に会おうとする久子の気持が解らないのだ。事件は三年前に一切の結末をつけているからである。久子は小原の問いも聴《きこ》えないのか、肩を落してうつむいた。彼女は千尋に会う必要があった。二人は同じK市の製作所に勤めていたのだ。久子は隣の町からバスで通ってきたが、彼はぴかぴか光る自転車で自分の家と工場とを往復していた。バスの通る往還に彼の自転車が滑ってくると、若い久子の胸は弾んだ。彼女は軽快な若者のペダルを踏む姿がさわやかで、風に乱した髪の額にかかる横顔が悩ましくてならなかった。彼女のひたむきな熱情を彼に告げる者があって、二人は恋仲になった。千尋の家は近所の中農で、彼はそこの次男だったが、久子の家は父親が早く亡くなって、兄が町の薬屋に働き、母親が養鶏をしている貧しい家庭だった。二人の結婚はどちらの家も反対だったが、反対にあうと恋心は煽《あお》られるのが常だった。千尋は生《なま》な恋愛の自由を息巻いて、遮二無二《しやにむに》結婚を急いだ。

久子は山崎家へ嫁いできたが、来た日から婚礼支度の貧しさを皮肉られた。中学を出てすぐから工場に出ていた彼女は、縫物も出来なければ、畑も出来ない役立たずと罵《ののし》られなければならなかった。新夫婦は山崎家の田の字になった座敷の一つを当てがわれたにすぎなかった。千尋が工場へ行ってしまうと、久子の暗い一日が始まった。彼女は自分を疎《うと》む者には決して妥協しなかったので、ほとんど誰とも口を利かなかった。

「可愛気《かわいげ》のない嫁じゃ」という憎しみが一層露骨になってきて、姑《しゆうとめ》は出てゆけがしにした。久子が千尋にだけは尽すのをみると、一層憎しみは倍加された。こうした家庭内の暗雲は若い苦労しらずだった千尋には堪えられないものになった。久子が妊娠したころから彼の放蕩《ほうとう》が始まった。酒を飲みはじめ、女遊びをして帰らない日もあった。久子のお腹《なか》は大きくなって、彼女の顔は一段と憔悴《しょうすい》してきたので、彼女の母は一まず実家へ連れ帰ってお産をさせることにした。月充《み》ちて男の子が生れたけれど、小さくてとうてい育ちそうもなかった。山崎家からは誰も見舞いにも祝いにも来なかった。

「あんな家へ帰ったら死んでしまうよ、もう帰りなさんな」

勝気な母親は引取る決心だったが、久子は千尋を呼んでくれ、呼んでほしいと言いつづけた。たとえ誰が来なくても、赤ん坊の父親の千尋が来ないわけはないからだった。赤ん坊は女一人では創《つく》り出すことが出来ない。赤ん坊は千尋の血を分けられた千尋自身だと久子は思った。久子は彼を愛して、信じていた。

赤ん坊は二十一日目に死んでしまった。久子は親同士の反目から自分が離縁になるのを恐れて、赤ん坊が死んだ三日目に山崎家へ戻った。彼女は良人にも姑にも、義兄にも嫂《あによめ》にも復縁を迫ったが、容《い》れられなかった。千尋はさすがにおろおろして、

「一まず帰れ、今日は帰ってくれ」と言った。

彼女はその時もう逆上していた。突き出されて一旦《いったん》外に出たが、夜になるのを待って引返してきた。彼女は裏手の薪《まき》をよせかけた軒下に、石油を撒《ま》いて火を点《つ》けた。そ

れから縺《もつ》れる足で逃げた。

山崎の家は全焼したが、家族の者はみんな飛び出してきて助かった。このことが辛《かろ》うじて久子の刑を軽くしたが、彼女の心は晴れなかった。三年間の贖罪《しょくざい》の間彼女は模範囚であったけれど、彼女の呪詛《じゅそ》は檻《おり》の中で燻《くすぶ》りつづけた。彼女の怨《うら》み憎しみはだんだん一つに凝《こ》って、千尋の上にそそがれた。彼に会いたい、彼に会って怨みのたけを言わなければならない、自分の一生は彼によって台無しにされたのだ。女の愛情までもふみにじられたのだ。久子の暗い三年間の日々は執念の思いを凝り固めた。千尋への復讐は彼にそそぐ執着そのものだった。憎しみと執着は隣り合っていたが、久子はその憎しみに摑まって、釈放されたら、どこまでも彼を追ってゆき、怨みをはらすつもりだった。その一念のいわば彼を求めることが彼女の生甲斐《いきがい》かもしれなかった。

久子はあの事件後千尋が田舎にいづらくなって、東京へ行ったと聞いたが、それからあとの消息がつかめなかった。彼は自分の家へも音信を絶っていると思えるふしがあった。久子は小原に会えば解ると思った。その思いで東京へまっしぐらに来たのだった。

「誰か、あの人の消息を知っていそうな人はいないでしょうか」

小原の妻が、ふと横から口を容れた。

「山崎さんは、なんでも板橋《いたばし》の方の鉄工場に働いているとか、聞いたことがありましたよ」

久子の小さな眼球はとび出しそうにまるくなった。彼女は東京都の地図をわななきながらひろげて、イタバシはどこにあるかと聞いた。

蒲田から板橋までの道程は長い。池袋で電車を乗りかえて、久子は途中の駅で降りた。ささやかな商店街をぬけると、広い舗装道路に出た。がらんとしたこの川越《かわごえ》街道は、右も左もあてどがない。彼女は道路工夫に丁寧にお辞儀をして、鉄工場の所在を教えてもらった。

「ここばかりが鉄工場ではないからね、S町へ行ってみなさい」

彼女は第一の鉄工場から第二の鉄工場へたずねて行った。

「雲を摑むような話だな、その男、あんたの恋人かね」

すでに夕暮だった。退《ひ》け時で、舗道は隊をなした工員や勤め人で埋められて、駅の通りへ川になって流れてゆく。久子はその流れに逆いきれずに身を没した。彼女は目の届く限りの男の顔をたしかめた。明日という日がある。明日も自由に探すことが出来るというたのしみで、彼女はむしろ張りつめて歩いた。探すことが困難なら困難なほど、かえってそれへの妄執が鞏固《きようこ》になるといってもよかった。

次の日、A鉄工場で、

「有った、山崎千尋ね、二年前の整理の時にやめてます」

「住所は、どこでしょうか」

人事課の男は紙片に無造作に住所を書いてくれた。久子は雀躍《こおどり》して外に出た。手繰《たぐ》る糸がだんだん近くなったと思った。彼女は池袋で別の電車に乗り換えて、下十条《しもじゆうじよう》という処で降りた。どこか場末の、みたところのある町の風景と似ていた。鉄道線路の上に高く鉄橋が架かっていて、そこを渡りながら下をみると眩暈《めまい》がしそうだった。この橋を再びどんな気持で渡るだろうと久子は考えた。彼女は橋の途中で鏡を取り出して、妹がくれた口紅を塗った。

訪ねた家は下宿屋だった。肥った小母《おば》さんが出てきて、久子をじろじろ見ながら、山崎さんなら一年ほど前に浅草の地下足袋問屋へ働きに行ったと告げた。

「問屋の名前は解りませんか。どこらへんにあるのでしょうか、お願いですから教えて下さい」

小母さんは胡散臭《うさんくさ》そうに久子をみて、それ以上は知らないと素気なく答えるきりだった。久子は手繰った糸が切れたと思った。否、切れない、まだ細くも続いている、久子はきっと探してみせると思った。しかし東京は広すぎる、人間があまりに多すぎるのだ。久子は高い段々を登って鉄橋を渡ってゆく気力を失った。彼女は柵《さく》にもたれて幾条にも光るレールを眺めた。浅草は東京都の地図の内の何十分の一にしか当らないではないか、そうだ、探す範囲はこんなに狭《せば》まっている。そう思い返すまで、久子はそこに佇《たたず》んでいた。


「うちの姉さん、なんだか変よ、毎日朝から晩まで出歩いているの」

「就職口でも探しているのと違うか」

「そうじゃないわ」

京子は毎朝憑《つ》かれたように出てゆく久子を見ると、ただごとではない気がした。彼女は姉が出てゆく時、東京は生馬の目を抜くところだから財布を置いていらっしゃいと注意するのだが、久子はいいのよと出ていってしまう。なんの目的で東京へ来たのか、姉の行動は不可解だった。ともかく早く姉の身のふりかたをつけて出てもらわなければならないと、彼女は正造とも話した。姉を食べさせる余裕はないのだ。

ある晩、京子は姉を無理に誘って夕涼みの散歩に出た。散歩のそぞろ歩きには川のある下町は風情があった。

「姉さん、毎日出歩いて、好きな人は見つかりましたか」

京子は冗談を言ったつもりだが、姉の答えはまともだった。

「浅草の花川戸《はなかわど》という処には、鼻緒問屋や、靴問屋や、ズックや足袋の卸し屋さんがあるのねえ。そこにあのひと九か月前までいたのですって」

「あの人？　あのひとって……」

京子は思い当った。山崎千尋の生っ白くて軽薄そうな顔が浮んできた。そうか、彼は東京にいたのかと思うと、はじめて姉の心を覗いたと思った。京子は姉のねちねちした執着にぞっとさせられた。

「今更あんな人に会ってどうするの。あんな人や、あんな忌《いま》わしいことはみんな忘れてきたはずじゃないの。会っても自分が傷つくだけですよ、いけないわ」

「私はあのひとがどんな暮しをしているか、見てやりたいのよ。もし若い女と一緒に暮していたら、私という妻があったことを教えてやりたいの。私は一生あの男の目の前にいてやるわ」

久子の声は呟《つぶや》きに似ていたが、京子の胸を衝くほど陰にこもっていた。

「姉さん、やめなさい。人間はね、今が一番大切なのよ。過去なんかどうでもいいじゃないの。私がもっと良い人を探してあげますよ」

弁天町の裏の橋を渡って、歓楽街に足を入れると、真中の大通りの向側にはずらりと特飲街の店が並んで、ネオンが耀《かがや》いていた。こちらはへんにくすぶった商店が並んでいて、その裏手は貧弱な住宅地だった。ネオンの街にはもう夜も更けているのに、どの店も女があふれるほど門口に立って、張店をしている。客はちらほらしか通らないのだ。男とみると寄っていって、口々にわめいている。

「あれが娼婦の街なの」

久子はじっと眺めた。どこも不景気そうだと話しながら二人が歩き出すと、大通りの正面のネオンの灯った橋の方から、ふいに白いパトロールカーがクラクションを鳴らしながら、夜の歓楽郷へ闖入《ちんにゅう》してきた。何事が起きたのか、いま京子たちが歩いてきた暗い住宅のちらばる道路から道路を偵察しはじめた。あとからもう一台のパトロールカーがきた。向側の女たちが一斉に走ってきたし、こちらの商店からも人が飛び出してきた。京子はあとの一台が止ったのをみると、その白い車の中にお巡りさんと一緒に「千草」のおかみさんがいるので驚いた。

「おかあさん、どうしたんですかっ！」

窓から首を出した徳子は、照れた顔で当惑しているのだ。

「飲み逃げがあったのよ、それで今つかまえてんのよ」

「たいへんねえ、どんな男」

髪がちぢれて、前歯の欠けた男で、茶のズボンを履《は》いているのだと徳子は説明した。車のまわりは人だかりがしてきた。

「ほんとに、きまりが悪いっちゃありゃしない！」

徳子はほとほと閉口らしかった。パトロールカーは動き出して、運河の外へ走り去った。外まわりには更にもう一台が飲み逃げの捜査に当っているらしかった。京子は姉を連れて「千草」へ見舞いに寄った。狭い一坪半ほどの土間にまわしたテーブルの前には、近所の常連が五、六人も集って、まこちゃんという手伝いの女から話を聞いていた。京子は店から座敷への上り框《がまち》に姉と並んで腰をかけた。

その男は宵《よい》から三時間もねばって焼酎《しょうちゅう》を飲みつづけていたのだった。酒に飢え渇いたものか、浴びるばかりの貪婪《どんらん》な飲みっぷりだった。焼とりも何十本食べたか解らないほどで、何しろ合せて千八百円だとまこちゃんは丸い目を一層丸くして喋《しゃべ》った。そのうち男は酔いつぶれて、この座敷の入口に靴を履いたまま伸びて寝てしまった。徳子がお勘定にしてくださいというと、酔った男は金を持っていないという。家はどこかと聞くと、枝川町だといって所番地も名前も告げた。まこちゃんはすぐさま使いに出されたが、そんな家は交番で聞いても見つからなかったのだ。

「どうせ酔ってるし、金もないから、遠くへは逃げられないだろう」

そんな話をがやがやしながら喋っていると、もうパトロールカーの姿は見えなくなって、橋の角の交番から犯人が捕まったと報《しら》せてきた。

三十分ほどして徳子は帰ってきた。白粉気のないさっぱりした顔を赤らめて、照れくさそうに店へ入ってきた。彼女はみんなが冷やかすのに笑って礼を言った。パトロールカーの乗り心地はどうだとか、お巡りさんとのドライヴは気が利いているとか口々にいうのを聞き流して、彼女は誰かが差し出すビールをぐうっと空けた。それで人心地がついたらしい。徳子はその男が深酔して、正体もなく寝ているものとばかり思っていたのだ。それがうかつで、彼女がちょっと立ったと思うと、男は逃げた。徳子はすぐ気がついてあとを追った。男は薄暗いここの大通りを洲崎神社の方へ逃げてゆく。徳子は泥棒、泥棒と叫びながら追っていったが、男の懸命な逃げ足には追いつかない。近所の者が走ってきて、警察へすぐ訴えろと教えたので、彼女はタバコ屋の電話で警察へ届けた。

「ところが警察だと思ったら、警視庁へ掛ってしまったんですよ。五分もしたかと思うとあの自動車が三台もくるじゃありませんか。あたしは首実検をするのに無理矢理乗せられたんですよ」

「千八百円の飲み逃げに、警視庁のパトロールカーが三台出動とは豪儀だ」

「よっぽど警視庁も暇だったんだろ」

みんな他愛《たわい》なく笑った。

「捕まってから解ったけど、あの飲み逃げの男は常習犯で、刑務所に入っていて、今朝出てきたばかりだそうですよ」

「前科持ちか」

久子が立ち上って、すうっと身体《からだ》を滑らせて出ていった。目立たない去り方だったが、京子は止める暇もなかった。彼女は徳子にちょっと耳打して、自分もあとからみんなに挨拶《あいさつ》をして外に出た。泥棒が逃げたと同じ暗い方向に、久子の歩いてゆくのがちらりとみえた。京子はあとを追ったが、橋を渡るともう見えなくなった。彼女は姉の傷つき易いうしろめたさが解らなくはなかったが、いつまでも過去の亡霊にとりつかれて、少しもそこから抜け出そうとしないのが腹立たしかった。自分ならば一日も早く厭なことは忘れようと努力するだろう、厭な記憶に苦しむよりも、前を向いて新しい人生を待ちうけたほうが、どんなに愉《たの》しいかしれないのだ。

向うから二人連れの男が歩いてきて、大きな声で話しながら行きすぎて行った。

「全部五寸角の太柱で、面皮《めんかわ》と磨き丸太の上普請だったそうだ。材木屋の建てた家だからね」

「もったいない、焼け残りの芯《しん》でも家が建ちそうだな」

京子は聴き流して、やり過してから、その意味がのみこめてきた。ちょうど目の前に先夜の火事で焼けた家の焼跡があった。焼跡は月のない夜空の下では黒く無気味な残骸《ざんがい》を晒《さら》していた。二階は焼け落ちたが、隅の柱は倒れずにまだ立っていた。土台もあった。焼けて真黒になった木が片寄せてあるところへ、京子はよっていった。隣との板塀《いたべい》は半焼けだった。庭樹が焼け爛《ただ》れて、無慚《むざん》なまま立っていた。彼女はこの焼跡からどんなようにして帰ったか解らない。

帰るとすぐ三畳間にいる間借人の加司を呼び立てた。加司はここ二、三日造船所の臨時の仕事が無くなって、毎日行っては手ぶらで帰ってきていた。彼は京子に呼ばれて寝転んでいた身体を起した。京子は彼に焼けた材木でも半焼けなら使えるかどうかを確かめた。彼は大工の小僧がいやになって造船所へきた若者だった。

「半焼けなら製材所で削り直してもらえば使えますよ、削り賃が高いけど」

「誰が削るものですか、そのまま使うのよ」

京子は部屋の真中に座って、正造と加司にあの焼材木を貰《もら》ってきて家を建て増すことを提案した。彼女の計画では加司のいる部屋を六畳にして、もっと余裕があればその先に三畳を加えることだった。加司は家を建てる報酬としてその間の生活の一切は彼女が負担するという条件を出した。彼女が熱をおびた面持でべらべらとこんな計画を喋るのを、正造は呆気《あっけ》にとられて聞いていた。焼棒杭《やけぼっくい》で家を建てるとは正気の沙汰《さた》とは思えない。

しかし京子は一徹だった。彼女は次の朝二人の男を強引に引張っていって、焼跡を見せた。なるほど真黒な柱は熾《おき》になってしまったものもあれば、まだ充分手応《てごた》えのあるものもあった。加司は太《ふと》丸太らしい焼木の上に乗って、どんどん踏みしめながら、中身があるのを面白がった。京子はこの焼材木でバラックが建つことを疑わない自信を得た。現に今住んでいる家の柱などは蹴《け》とばせば折れそうにか細いものである。「だってお前」と正造はまだ半信半疑だった。よりかかれば真黒になる柱で家を建てられて、地震で一揺れすれば崩れてしまうものが何になるだろう。だが京子の意志は変らない。無償《ただ》で家を建てて、立派な家が建つと思うのが間違いなのだ。人間が雨露さえ凌《しの》げれば上等な家である。そこでも権利金も家賃も取ることは出来るのである。

彼女は木場の材木問屋である持主のところへすぐさま交渉に行った。交渉は二千円の謝礼金で纏《まと》まった。正造は呆《あき》れた顔で勤めに出て行った。京子は台所にいる姉を呼んで、まだ当分ここに居候《いそうろう》するつもりなら、食費を入れてほしいと言った。

久子は黙って自分の全財産の入った蟇口を持ってきて、差し出した。

「いいだけ取ってちょうだい」

「じゃあ、これだけ」

二枚の千円札で材料の一切は片がつくのだった。

やがて京子は加司を督励して、焼跡へ材木を運び出しにゆくために支度をした。あの半焼けの板塀もそっくり頂戴《ちょうだい》しなければならない。ふと見ると、姉の姿がなかった。また今日も憑かれたように出て行ったのだ。

「ばか、なんの役にも立ちやしない」

京子は吊橋のところまで行ってみたが、久子の姿は見えなかった。


久子は今日で三回、千住という処をさまよい歩いた。南千住へも行ったし、北千住という町へも行ってみた。荒川《あらかわ》放水路に近い場末の町で、久子のような田舎者には心易い表情の町だった。それでいて彼女はどこからこの町と親しんでよいのか、少しの手がかりもつかめないのであった。いってみれば雲を摑むような話だった。浅草の地下足袋問屋は思いのほか容易に探し出すことが出来て、彼女は東武電車のガード下のその問屋に、たしかに山崎千尋が一度はいたことを確かめた。しかし彼はほんの三か月そこそこでその店を飛び出してしまったのだ。久子は異常な熱心さで、夕方まで粘って店員の一人一人にまつわって、彼に関することならいかようなことも聞き逃すまいとした。

他人がなんと思おうと、彼女はこのために鉄格子の中の三年間の生活を堪えてきたのである。前科者の烙印《らくいん》をおされた女の身体を、彼の前につきつけてみせてやる必要があった。彼はそのことを思いしらされなければならなかった。彼と自分はその関係の中に在るのだ。この泣くにも泣けない、悲しい憎悪を、三年の禁錮《きんこ》の間、彼女はゆるめはしなかった。むしろそれが彼女を支えた力で、彼女の規律正しい無言の生活を貫かせたともいえる。彼女は女囚の常で誰にも自分の罪科を語らなかったし、誰とも話をしようとは思わなかった。彼女はそうして模範囚で通った。所詮《しょせん》刑務所は囚人の心の奥底の改悛《かいしゅん》まで調べることは出来ない。

久子が執拗《しつよう》に追及したにも拘《かかわ》らず、彼女が千尋について知ったのは、彼が浅草公園で知りあった男と、何かおもしろい商売をするとかで、あっさり飛び出していったということだった。そしてそれからしばらくして、店員の一人が上野公園から広小路《ひろこうじ》の方へ配達に行って、ひどく派手なアロハシャツを着た彼を見かけたということだった。店員が声をかけて、いまどこだと聞いたら、千尋は千住だと言った。久子は幾度も幾度も千住かと念を押した。若い店員は不安になってきたのか、同僚を振りかえりながら言った。

「確か千住と聞いたがなあ。春《はる》ちゃんと一緒かもしれない」

「春ちゃん⁉　春ちゃんて誰です」

「春ちゃんは、ガードの向うの「玉木屋」にいた女だけど、よく知らないや」

若い店員は久子の執拗さが無気味らしく、言葉を濁した。

久子は千住という地域を三日もつぶさに歩いた。なんというたくさんの小さな家並だろう。ある地点からは工場の四本の煙突も見えたし、工員の遊ぶ私娼窟《ししようくつ》もあった。あてもなく歩いてゆくと、目標のない、拠《よ》りどころのない探索に、さすがの彼女も心細さを覚えた。ふらついている千尋のことだから、もう千住にはいないかもしれない。すると久子のしていることは徒労を意味した。彼女はまっしぐらにここまで歩いてきた、滅々とした、それでいて火のような目標に挫折《ざせつ》を感じた。目の前の埃《ほこり》っぽい道がすうっと遠くなって、久子はぽつんと立っている自分を危ぶんだ。

彼女が調べた「玉木屋」という一杯飲み屋の春子という女は、とうにその店をやめてしまっていて、その行方は皆目わからなかった。千尋が地下足袋問屋にいた頃、春子に熱をあげていたか、或《あ》るいは恋仲であったにしても、二人が手に手をとって出ていったという確証はないし、久子はなぜかそう思いたくもなかった。けれど茫然《ぼうぜん》と歩いてゆく久子のひらいた瞳孔《どうこう》に、若い女と睦《むつ》んでいる千尋の恣《ほしいまま》な姿が浮んで、消えなかった。今すぐにも彼女はそこへ踏みこんでゆき、若い女を痛めつけ、千尋を憎み怨まなければならない激情に駆られる思いだった。

久子はこの三年間、独りでいるとき、なぜあんな放火などという恐ろしい罪を犯してしまったのだろうと、悪夢のようにおびえて、思い出しては後悔に悩んだ。それでいて、自分だけが罰を受けて苦しむのは不当で、彼も同じように苦しむべきだと思った。彼はいつも自分と一緒に、苦しみを分つ必要があるのだ。それなのに、彼を捉えることが出来ない。

激しい疲労を感じて久子は電車に乗った。長いこと刑務所にいた彼女は、世間に対して物怖《ものお》じしていて、空腹になっても蕎麦屋へさえ入れなかった。電車は空《むな》しく千住をあとにして、上野の終点まで走った。彼女は上野で降されると、まるでふり出しに戻った気がして、山下《やました》から広小路へ出る賑《にぎ》やかな電車通りを歩いてみた。この舗道を幾月か前に千尋が歩いていたと思うと、そのことが無念なほど苦痛ななつかしさで、彼女の心をしめつけた。久子はどうかしてこの目で彼を見たかった。だが彼女の目に映るのはアロハシャツを着た彼ではなく、ぴかぴか光る自転車に乗った若い軽快な千尋が、彼女の目の前を走ってゆく姿なのだ。彼女は歩きながら、車道を走ってゆく同じような恰好《かっこう》の男を目で追った。爽《さわ》やかな若者がペダルを踏み、髪を風に乱しながら走ってゆく。それは確かに千尋に似ていた。久子はふらふら車道に下りようとした。街の喧《やかま》しい雑音が静止した。彼女はなんだか気が遠くなって、そこにうずくまった。しばらくして彼女は、誰かに介抱されているのを感じた。温《あたたか》い、柔らかい手が、自分の背中を撫でているのだった。久子はおずおず顔をあげて、疑り深い目で振向いた。するとこの近所の人間らしい六十七、八の、よく肥った老婆《ろうば》が遠慮なしに彼女の顔を上から覗きこんでいるのにぶつかった。老婆は、これでも洋装といえるかどうか、おそろしくだぶだぶな袋のような毛のスカートに、セルの上っぱりを着ていたが、その態度も服装と同じ位無頓着《むとんちゃく》だった。

「あんた気がついたかね、気分が悪かったら休ませてあげるがね。それともお腹が空いてるのかね」

久子は見知らぬ人間には決して馴染まなかったが、自分の囲りへ物見高く通行人が五、六人も足を止めたのをみて、立ち上った。彼女は婆《ばあ》さんに礼を言って、ひょろひょろ歩き出したが、婆さんはあとからついてきた。曲り角にくると婆さんは自分だけ電車通りをそれながら、

「大事にしなさいや」

と言って、重そうに歩いていった。久子はその不恰好な後ろ姿をみているうちに、自分でも解らずにそのあとに随《つ》いて歩き出した。婆さんは上野と御徒町《おかちまち》を結ぶガード付近のマーケットの中の、棒石鹸《せっけん》を商う店に入っていった。

婆さんはそこの店番だった。久子は一坪にも足りない店先の坊主椅子に掛けさせてもらった。婆さんは手提袋《てさげ》からふかし芋を出して、彼女にふるまってくれた。婆さんは浦和《うらわ》に家があって、毎日ここへ通ってくるということだった。久子は尋ねる人があって、田舎から出てきたけれど、その居所が解らないのだと、ぽつぽつ語った。

「尋ねる人かね、そんならわけないことだ」

婆さんは良い占い師を知っているといった。自分の孫も家出をして行方がわからなかったのを、その占い師にみてもらうと、北の方にいると告げられた。北海道の知人に問い合せると、果して孫は若い女と海峡を渡って室蘭《むろらん》という港町に辿《たど》りついていたのだ。彼は今ではそこの船会社に働いているのだった。久子の目が、かっと燃えた。

「その占い師を教えて下さい」

「いいとも」

婆さんは亀有《かめあり》という町へゆく道順を教えてくれた。久子は目を据えて、その町の名を諳《そら》んじた。すると新たな希望が彼女の胸の燻った燠をかき立てた。それは苦しく叫びたいような、切々と咽《むせ》びたいような思いに彼女を駆った。彼女はしばらくは口も利けずに、台の上の棒石鹸を見ていた。

久子は相変らず来る日も来る日も出かけていった。京子はもう引止める気にもなれないが、姉の根気のよさには、ほとほと舌を巻いた。姉のような執念深い女が死ぬと、化けて出るのだということも、よく納得ができた。しかし愛する良人と生木を割《さ》かれた女のもだえは、京子には解らない。男がこの世に一人だという考え方は、京子には馬鹿らしかった。彼女は今日も出かけてゆく姉に、厭味《いやみ》を言った。

「東京は広いのよ。あてもなしに探したって見つからないわ」

「あては、あるわ」

「誰に聞いたの」

「占い師にみてもらったわ。あの人は東京の川筋にいるんです」

東京の川は隅田川だが、その両岸の町に彼がいるという根拠はどこからきたのかわからない。京子はその占い師に幾ら払ったかをたしかめてみた。

「二回みてもらって、千二百円だったわ」

「大したものね、千二百円も溝へ捨てて、惜しくないなんて」

「ちゃんと祈禱《きとう》してもらった神様のお告げですもの」

「ばからしい、金儲《かねもう》けの神様がなになるの。そんなに当るなら、所番地まで教えてもらったらいいでしょう」

京子は姉の無意味に捨てた金が、惜しくてたまらない。出来れば走っていって、取返したいほどだった。姉の懐中にあと幾許《いくばく》の金が残されているか、心細い限りだった。しかしどの道一文なしになるまで姉の探索は止《や》まないだろう。それならば飽きるまで川筋でも山筋でも尋ねるがいいと、彼女は腹立たしく罵った。

久子はなんの弁解もしようとはしない。いつもの頑固さで石のように黙したきりだった。彼女は日毎《ひごと》に憔悴しながら、お告げのあった場所へ尋ねてゆくことで、今日も生きようとしているだけだった。自分の懐ろにはまだいくらかのお金がある。このお金のあるうちは折角与えられた、探し求める自由を失うわけにはゆかない。彼女は誰に向っても吐き出すことの出来ない、黒い炎のような憤りに身内がふるえた。今日も彼女は憑かれたように家をあとにした。

曇り空からは、今にも雨が落ちてきそうだった。京子はぷりぷりしながら、姉に傘を持たせるために、あとから吊橋まで行ってみた。濁った運河は重たい水を底に湛《たた》えて、動かない。細い吊橋を若い男が自転車を抱えるようにしてそろそろと渡ってきた。姉の姿はもう見えない。京子はなにか一抹《いちまつ》のさびしさを覚えながら、しばらくそこに佇んでいたが、やがて舌打する気持で戻ってきた。彼女の家のうしろの空地では、加司がどこで借りてきたのか、大きな鋸《のこぎり》で焼材木を挽《ひ》いていた。

洲崎界隈

この界隈《かいわい》は風の加減で潮の香がした。細い運河に囲まれた一握りの土地で、うしろは海に繋《つなが》っているが、東京湾へ出るまでには夢の島と呼ぶ埋立地を回らなければならない。一時競輪場にするつもりで東京都が埋立はじめ、土地の者も一攫千金《いっかくせんきん》を夢みたり、反対に危惧《きぐ》したりしているうちに立消えになって、今では草茫々になったままの干潟《ひがた》である。運河には材木が筏《いかだ》のまま浮いて、すっかり狭《せば》められた河の中を夕暮どき釣舟の戻ってくるのが、菊代《きくよ》の家の二階から眺められた。彼女は雨戸を閉めかけて、しばらくぼんやり手摺《てすり》に寄りかかっていた。今日の午後、土地家屋のブローカーをしている重井《しげい》が持ってきた話に彼女は心を奪われていた。この町の特飲街に恰好《かっこう》の売物が出ていて、重井は逸早《いちはや》くそれを菊代に耳打した。特飲街の建物のことなら、五年間そこで働いていた菊代は目をつぶっても歩けるほど精通している。売物に出た店は中通りの小さな構えで、がらんと殺風景なタイル張りの店だった。菊代はすぐ飛びついたが、二百五十万円という金額は生ま易しいものではない。自分が建てて住んでいる小さなこの家を売ったところで、どれだけの足しになるか、しれたものだ。菊代は頭の中へ千円札がなだれてゆくのを感じる。その札をこちらへ掻《か》きよせたい思いで一杯だった。

「誰か百万円ほど融通してくれないでしょうか。なんなら重井さん貸してくださいよ」

いつも栄えない恰好で自転車を乗りまわしている重井は、ははんと笑ったきりだった。

「あたしにやらせたら、きっとうまくゆくのに。百万円位すぐ返してみせるわ」

菊代は金のありそうな男の顔を思い浮べながら、このチャンスを逃してはならないと思った。すると一種の興奮状態で、胸がときめいてくる。目的に向うと情熱的になってゆく菊代は、そのことで一杯になった。なんとかして金を作り出さなければならない。

「おい、まだか」

階下で小池《こいけ》の呼ぶ声がした。菊代は暮れてゆく運河のみえる窓を閉め、手回しよくのべた夜具の裾《すそ》を跨《また》いで階段を降りた。階下の部屋では小池が所在なく寝転んでラジオを聴《き》いていた。木場に出ている彼は店が近いので帰りも早く、夕飯は宵《よい》の内に済んでしまう。どことなく怠惰で気力のない良人《おっと》は彼女にとっては置物のようなものだった。なんの力にもならないが、良人のいることは彼女の生活には方便だった。彼女は紺地の絣《かすり》の着物に銀色の帯を締めて、手早く化粧を仕直した。寝るまでの時間を扱いかねると、彼らは散歩に出て何かの刺戟《しげき》を求めてくる。粗末なバラックの多い近辺ではまだ真新しい二階家を彼らは出た。この運河に囲まれた町は真中の大通りで二分されて、向う側は特飲街だが、こちらは貧弱な住宅街だった。元は土地全体が遊廓《ゆうかく》で、殷賑《いんしん》を極めたそうだが、戦争中に疎開した遊廓の建物が軍需会社の工員寮になってから、空襲のあとでも工員たちはバラックを建てて住みついたのだった。子供たちが大通りで日暮まで遊んでいると、特飲街の女たちはそろそろ店あけに並びはじめるという風景だった。大通りのこちら側は八百屋や床屋が並んでいて月並みな生活の匂いがする。そんな中を瘦《や》せてよく伸びた背恰好の小池と、細身で姿の良い菊代が並んで歩くと、人が振返った。大通りの先にコンクリートの橋があって、大門の代りにネオンのアーチが赤や青に輝いている。橋外の袂《たもと》には小さな酒の店が運河を背に並んで、灯をつけていた。小池が向う角へ煙草を買いにいった間に、菊代はつと一軒の飲み屋へ入った。狭い店の土間でおかみさんの徳子《とくこ》が七輪《しちりん》の火を吹いている。菊代は挨拶《あいさつ》ともつかないで上体をすくってみせた。しなやかでいて弾力にみちた甘い姿態をもっている。彼女が入ってきただけで店の中が明るんだ。

「おかあさん、間野《まの》さん来たんでしょう」

「いいえ、あれっきりでね」

「うそ、どうして呼んでくれないの」

「ほんとですよ」

徳子は曖昧《あいまい》に言った。この間から菊代は古い馴染《なじみ》客の間野がここへ寄るのを知って、一度自分を呼んでくれとせがんでいた。しかし一緒に酒を飲む位はよいとしても、今の菊代は亭主持なので、徳子は憚《はば》かる気持だった。それでもこの前間野がきたときそのことを話すと、間野はにやにやしたまま呼んでこいとも言わないし、それでいていつまでも酒をちびちびやって、立ち上りもしなかった。堅気《かたぎ》になった女に対する好奇心も持ちながら、さすがにそんな気持を拒むものがあるのかもしれない。徳子も菊代の良人の小池とは見知っているので、やはりこだわるものがあった。で、自分から進んで菊代を迎えにもゆかなかったのだ。

「ひどいわ、あんなに頼んだのに」

菊代は表情に富んだこまやかな眼差《まなざし》で睨《にら》んだ。表情や動作の一つ一つが五年の間の商売に叩《たた》きこまれて、生れながらのもののように身についている。彼女は二年前に小池と結婚するまで、すぐ目の前の特飲街の女だった。徳子は笑いながら言訳して、小池さんに怨《うら》まれるからと言ったが、菊代は涼しい顔で意にもかけずに、次の折を約束させた。そんなことを言って本当に家を出られるものかどうか徳子は半信半疑だが、その掌《てのひら》へ黙って百円札を押しこんで菊代はさっさと出ていった。不景気な木場へ出ている若い男の所帯にしては良い装《な》りをしているが、彼女は昔からおしゃれだった。

店の奥で洗い物をしていた手伝いの文子《ふみこ》が飛び出して、暖簾《のれん》の外から若い夫婦が仲よく肩を並べてゆくのを見送った。あんな若い良人があるのに、中年の道楽者の間野に会いたがる菊代の気持が解らない。文子は溜息《ためいき》まじりに戻ってきて、店の坊主椅子《いす》にぐったり腰をかけた。徳子は夕飯の湯豆腐を火にかけている。売春婦も心がけではああもゆくものかと、文子は菊代を見かける度《たび》に溜息が出て、徳子に笑われた。まだ文子は特飲街へ出たことはないのだが、酒の店に働いていた頃男に騙《だま》されて、生んだ子供を抱えて幾度も死のうとした。そのとき三十も年の違う大工から救いの手をのべられたのだ。正式の結婚と、子供の籍を入れてくれることのほか、彼女はなにも望まなかった。その子供がどうやら小学校へ通うようになるまでも生活が楽だったわけではないが、それでもどうやら身すぎが出来た。今では彼女の良人は癈人《はいじん》同様に老いこんで、働くどころか彼女の重荷になるだけだった。彼女はふっと特飲街へ自分がふらふら歩いてゆく幻影をみる。酒の店で客の相手をしている自分と、橋の向うで客の袖《そで》を引いている女たちと、どれだけの違いがあるのかわからない。

「橋を渡ったら、お終《しま》いよ。あそこは女の人生の一番おしまいなんだから」

確《しっ》かり者の徳子はふらついている文子をどやすように、そういう。彼女は重井の妾《めかけ》だが、もともと木場に働く職人の娘だったせいか人情にくわしい。夜の女たちがみんな菊代のようにうまくゆくと思ったら大間違いだと知っている。しかし文子は一枚きりの黄色のセーターを着て、狭い店に住込み、乏しい収入で一週間に一度しか帰れない惨めさに堪えられないのだ。自分もあの世界に身を沈めて懸命に働いたら、菊代の半分位は身につくのではないかと思う。

客が暖簾を分けて入ってきた。文子はだるそうに顔を上げて「いらっしゃい」と言いかけたが、客が問野だったのであらっと声に出し、まだ菊代が店の前を通ったばかりだと思った。

夜の運河は中潮で、水が上ってきていた。小さな木橋を渡った先が洲崎神社だが、焼跡に建った粗末な社《やしろ》は真暗で、参詣《さんけい》も出来ないほどだった。戦災のあと少しも復興しない町はすっかりさびれて、このあたりは人通りもなければ、映画館一つ建たない。東京の下町らしい味わいは古い遊廓とともに、どこにも残されていなかった。菊代と小池は春の夜気の中でそぞろに歩くと、電車に乗って映画を見にゆくのも億劫《おっくう》で、ぶらりと神社わきの芝居小屋を覗《のぞ》くことにした。のぼりが一本だけ小屋の前に立って、夜風にはためいている。菊代は切符を買い、下足を取り、座蒲団《ざぶとん》をもらうのまで自分でした。狭い小屋の中は鼻の閊《つか》えそうなところに舞台がある。舞台には三尺物が始まっていて、若い二枚目のやくざが親方の娘と密会しているところだった。役者は芝居をしながら入ってくる客を確かめている、そんな近さだった。

菊代は良人に寄り添って、横手の壁際に座った。五十畳ほどの客席には半分にも充たない客が座っている。大半が近所のお婆《ばあ》さん連で、映画館には縁の遠そうな顔ぶれだった。十円の座蒲団代を節約して、自分の風呂敷を敷いているのもある。わざわざ新しい割烹《かっぽう》着を着てくるおかみさんもいた。丁髷《ちょんまげ》に白塗りのやくざはちょっとした男前で、彼が親分の娘のために悪い貸元を斬《き》る決心をすると、お婆さんたちは声援の意味で拍手をする。近所の工員らしい若者たちが数人うしろの方に寝そべって、ラブシーンが始まると卑猥《ひわい》な口笛を吹き鳴らした。芝居は連続物で、今日は昨日の続きだった。やくざの斬合がはじまると、一跨《ひとまた》ぎの舞台は四人の男の刀がぶつかりそうで、危くてみていられない。街のちんどん屋の侍をそのまま連れてきたような男たちは、メリヤスのズボン下を穿《は》いたまま立回りをしているのもいた。花道のつもりになっている下手《しもて》のカーテンの奥は、楽屋だった。カーテンが揺れると、楽屋の小さな姫鏡台も、役者も、太鼓もみえた。芝居の最中にカーテンをめくって舞台を飛び下りたおさげの少女が、薬缶《やかん》を下げて客席を横切っても、誰もなにも言わない。

赤いよれよれの人絹の着物を着た親分の娘が駆けてくる。白塗りのやくざが、貸元の首を兄貴分の男に取られたと悲痛な声で告げると、娘は客席に向って泣きはじめた。娘はいっそ二人で逃げようと誘いかけたが、そこへ兄貴分が現われると、「逃げられるぞオ」「間抜け」「逃がしてやれえ」さまざまな声がかかって、舞台と客席は一つに溶け合った。

菊代は良人の胡座《あぐら》をかいた膝《ひざ》に寄りかかるようにして、舞台を見ていた。熱心でもなければ不熱心でもなく、舞台の調子に合せながら、軽く笑っていた。この河原咲太郎《かわらざきたろう》という一座が掛って、初日をあけてからまだ四、五日にしかならないが、近辺の評判は殆《ほとん》ど初日で決ってしまう。受けると一か月でも常打になるが、つまらないと十日もして替ってしまう。今度のはさして面白い評判も立たないのに、菊代はこれで二度目だった。彼女はさっきから白塗りのやくざになった役者だけを見ていた。日本橋からほんの一跨ぎしかないあたりに、こんな場末の田舎小屋めいた侘《わび》しい劇場があるのを人は想像しないにしろ、まあここではどうやら見られる唯一の二枚目だった。無精な扮装《ふんそう》の役者の中ではきりっとして、顔も白塗りだが、脚絆《きやはん》の上の太股《ふともも》まで念入りに白粉《おしろい》が塗ってあった。彼は所作の合間にちらりと客席の菊代へ視線を流してよこした。芸人だけがするあざといような流眄《ながしめ》だった。台詞《せりふ》がやたらと大きくて、小屋の外まではみ出しそうなめりはりで彼は車輪の芝居をした。菊代は男のモーションに応《こた》えてやらなかった。彼女の頭には今のところ金のことしか入っていない。しかしあまりたびたび役者の目がくると、我にもなく受けてやった。彼の顔はぱっと輝いて、娘を抱いた愁嘆場をすんでのところで失敗《しくじ》るところだった。菊代はおかしくなって声にして笑った。この衆人環視の中の二人だけの遊びが菊代を熱中させた。贔屓《ひいき》役者が自分のために芝居をしているという甘やかさが、彼女を興奮させた。

幕になると客席はがやがやした。小池が便所に立ったあと、楽屋から少女が下りてきて彼女のところへきて耳打した。彼女は軽く笑っただけだった。小池が戻ってきて、出ようと言った。舞台が開いたところだった。

「あとのは見ないの」

「眠くなってきた」

小池は本当に眠そうに生欠伸《なまあくび》をしていた。菊代は楽屋の方をちらりと見たが、別に未練気もなく立ち上って、さっさと良人について出口へ歩いた。半分にも充たない客席から二人の観客が立つと目立った。小屋の外に出ると夜気が流れていた。外は人っ子一人通らない。菊代は良人に絡まるようにして、火照《ほて》った頬をつけて歩いた。役者との間に流れた情感が現身《うつしみ》の良人にそそがれはじめている。快い刺戟が全身を弾ませて、ほどよく隣の男へ転化していった。しかし小池はただだるそうに下駄を引きずっているだけだった。暗い道を迂回《うかい》すると裏手に橋があって、運河の流れるコンクリートの堤防に橋が渡されていた。彼女は幾度かこの橋を、あなただけは別だと客を送ってきたものだ。そんな手管《てくだ》は飽きるほどだった。送り出す客と、これからの客との微妙な心の交叉《こうさ》をかみしめてきた菊代は、いつも生れ変ったイヴのような新しさで、この道を生きてきたようなものだった。

「さっきの役者が、私に会いたいって」

「お前がいつもの色目を使ったからだろ」

「それが私の性分なの。初めから知ってたでしょう」

「自慢にすることじゃない」

しかし小池はさして反応のないぼんやりした調子で、眠そうに彼女を見ただけだった。

金策のために菊代は駆けずり回った。彼女が元働いていた「玉垣」はこの町の中どころの店だが、六十九歳になる女主人は、

「あんたなら物にするね」と言って、いくらかは出資してもいい口吻《くちぶり》だった。まだ二十六、七にしかならない若い菊代のなかに見どころがあるというのも、彼女がいわば立志伝中の人物であるからなのだ。

堤防の外に埋立をして、木材会社が製材所を始めたので、一層風情《ふぜい》のなくなった特飲街の片側をぬって帰りながら、菊代は今にこの町を攫《さら》ってみせると思った。彼女は十九歳でこの特飲街にきて、五年間働いたのだ。勤め出してから器量がよくなったし、客あしらいにそつがないので、よく流行《はや》った。彼女が「玉垣」の店であてがわれた四

畳半の部屋は、少しずつ調度が増えていった。箪笥《たんす》や鏡台や夜具が一つずつ揃《そろ》ってゆくと、彼女の人懐《ひとなつ》こさとともに雰囲気が一層やわらかく、豊かなものになった。彼女は来た客に打込む方で、いつも目の前にいる客が総《すべ》てだった。心から尽した。送り出せば他人だった。それなり忘れてしまう。饗応《きょうおう》するものと、貯金するものとは別に区別ができた。そのうち朋輩たちに小銭を貸すようになり、十日目の精算で現金がくるとき、きちんと取立てた。十五円の風呂代を立替えれば二十円は返してもらう。ひとの垢《あか》であんた儲《もう》けてんのと毒づく女もいたが、菊代はなんとも思わなかった。そんなにしていてもここの女たちはふいに姿を消して、店換えしてしまうこともあった。そういう時の菊代は案外あきらめよく、貸倒れの愚痴もいわない。大抵元を取っているからだ。

彼女は一度登った客は滅多に逃さないし、その客をよく徳子の店へ連れてきた。客は満足していて、酔うと、「情の厚い妓《こ》なんだ」と徳子に言ったりしたが、徳子は菊代のサーヴィスがどこまで献身で、どこまで嘘《うそ》かわからない。

ここの女たちは店明けの宵になると、出《で》の支度をして三々五々この運河を渡って洲崎神社へお詣《まい》りにゆく。いわばその日の縁起だった。菊代がこの仲間の中で光るのは、若いとかきれいとかいうことではなく、魚が水の中で自由に泳いでいる感じのせいだった。暗い翳《かげ》を負って生きている女たちばかりの町では、この自由さは稀有《けう》のものだった。菊代はこのなりわいが好きも嫌いもない、自然に身すぎの方法として身につけただけだった。ある日彼女はふらっと徳子の店の「千草」へ遊びにきて、徳子の旦那《だんな》である重井に行き合せると、急に思いついて訊《たず》ねたものだ。

「旦那さん、一丁目の自動車の修理場の裏にある空地は、売物ですか」

重井は土地家屋のブローカーをしている。この運河の囲みの土地にはまだ焼けトタンが片付いたばかりで、土台石の残ったままペンペン草の生えた空地が随所にあった。菊代はそこの二十坪ばかりの空地の前を通って、土台石に腰を掛けて休んだことがあった。湿ったまま荒れ果てた土地には草木も生えていなかったが、夢の島を抱く運河が眺めの中に入る方向だった。ひっそりとさびれて、バラックばかりの小路に囲まれているのも彼女には気やすかった。その土地は重井の言葉によると、この近所の釣舟宿の持物だということだった。重井は商売柄すすめ上手で、買うならすぐにも聞いてやろうといったが菊代にはそんな金のあるはずもない。

彼女はもともと浅草の生れで、花川戸の聖天《しょうてん》様の近くに家があったが、戦災で両親も死んでしまい、勤労動員で川崎の工場にいた菊代だけがかえって助かった。彼女は叔父《おじ》の家に預けられて、そこの大勢の子供たちと疎開先へ行ったり、諸処を転々として食べる物も食べないで苦労をした。終戦後三、四年して叔父が東京を食いつめて富山へゆくことになった時、彼女は一人で東京に残った。人情にも金銭にも飢えた菊代はいつか頼るものは自分しかないという生活の信条を固めていた。学歴もなければ、保護者もないので、近所のボール工場へ住込みに入った。恋人が出来てからそこを飛び出して、神田のうなぎ屋へ移った。綺麗《きれい》な着物が東京の町の復興につれて目立つと、彼女はその美しさに眩惑《げんわく》されて、盗んでも身につけたいと、一心に思い詰めるようになった。戦争中に育った彼女には「きれいな着物」の記憶がない。男の誘惑もあったが、菊代には贅沢《ぜいたく》なものへの誘惑もあなどれない。彼女は夜の町で働くようになってからせっせと着物を作ったが、それだけが彼女の慰めになるはずはなかった。

「あんたなら、その気になればあの土地位買えるよ」

重井はそう言った。彼には目算があった。

「東京に自分の家を建てたいのが、あたしの一生の念願だわ」

自分でもその望みの大それていることは知っていたが、空想することは自由である。

朋輩のある者に良い客がついて結婚したり、二号になったりして身を引く者は幾人もあったが、まだ彼女たちがそれらしい家に住んだのを聞かないのだ。たまに幸福になった妓たちを羨《うらや》んで送り出しても、一年もすれば帰ってくる。男が狡《ずる》いのか、それとも自分が馬鹿《ばか》なのか、大抵は着たきり雀《すずめ》で戻ってきた。生活窶《やつ》れと愚痴とで老けてしまった女たちを見ると、菊代はぞっとした。自分だけはそんな馬鹿な目には遭いたくない。彼女は自分の持物に人一倍執着するだけ、何も失いたくはなかった。他人の家は結婚しても他人の家だ。彼女は男というものが好きだが、その程度にしか信じてはいなかった。

「どうして払うの、どこからも出やしない」

「自分で働くんだね」

重井はけれんのない質《たち》で、けちけち金を貯《た》めることに人生の悦《よろこ》びを見出《みいだ》している男だった。彼は菊代に毎日毎日どんな時化《しけ》た日にも五百円ずつ取上げられてゆく日掛貯金というのを教えた。菊代は指を出して、月に一万五千円で、年に十八万円と数えてみたが、土地を買うにはまだ遠い金額だった。重井はさらに智恵《ちえ》を授けた。その日掛けに無尽というものがあって、当れば纏《まと》まった金が借りられるということだった。なんと調法なシステムだろう、菊代はその場で日掛貯金の決心をした。

だが、なんと金を貯めることは困難だろう。ことに肉体をひさぐ者にはデスペレートな翳がつきまとう。淫蕩《いんとう》から成り立った職業に彼女たちはいやでもスポイルされてしまう。金が入ればまず酷使した身体《からだ》を癒《いや》すために、食べたり遊んだりしなければいられない。そうでもしなければ身が持たないのだ。金がなくなると蒲団を被《かぶ》って寝ているけれど、現金が入れば客を送り出した朝も一休みもしないでふわふわ出てゆく。映画を見たり食べたりだった。世間の女性と少しも変らない服を着て、綺麗にお化粧してゆく彼女らは、涼しい顔で日比谷《ひびや》映画劇場で外国映画を鑑賞した。

「お嬢さん、そこ空いてますか」と言われて有頂天になった妓がいて、「とんだカマトトだわ」「あらあ、特飲街のお嬢さんよ」とげらげらと他愛《たわい》なく騒ぐのだった。買った衣装が身につくという以外には、彼女たちは何も持たない。重い家族を背負って喘《あえ》いでいる者は、前借だけが財産だった。

菊代は雨の日も風の日も集金にくる無尽の男へ、身を剝《は》ぐような思いの日も五百円の金を渡した。この習慣は菊代の意志を強くした。たのしみのために苦しむので彼女の生活には意義が生れた。ちょうど朝鮮戦争の特需景気が出て、造船所や鉄工場の客を抱えたこの地域の金回りは悪くなかった。お正月の書き入れどきには彼女は一夜に八人もの客を取ったが、苦痛とも思わなかった。

二十坪の土地を彼女は二年三か月目に重井の斡旋《あっせん》で、釣舟宿の主《あるじ》から譲ってもらった。登記がすんでその土地がすっかり菊代のものになっても、彼女は誰にも言わなかった。言わなくとも自然にわかるとみえて、朋輩やよその店の女までが羨望《せんぼう》や嫉視《しっし》まじりにお祝いを言ったり、皮肉を言った。風呂へゆくと誰かが目まぜで囁《ささや》き合い、噂《うわさ》をするけれど、彼女は関《かか》わらなかった。土地があっても土の上に寝ることは出来やしないと彼女は考える。家を建ててそこに住み、新しい生活をするために、彼女はぼつぼつ客を物色しはじめていた。娼婦《しょうふ》の常で、彼女も堅気になることを夢に描いていたが、それほど難しい注文はもっていなかった。若くて瑞々《みずみず》しくて気楽な、という範疇《はんちゅう》から選び出された小池は、初め家を建てるために木材の便宜を計ってもらううち、しぜんに一緒になることになった。それだけのことだった。菊代は良人に大きな期待をかけてはいないし、依頼心も持ってはいなかった。誰もいなければさびしいからと、それほどの気持でしかない。二年間の堅気の生活で彼女は退屈してきていた。一生の念願であった自分の家が建ってみると、次の可能性が信じられる。なんにしても資本を生み出さなければならないが、どうしたものか、彼女は知る限りの金のある男を思い浮べながら、がらんとした真昼の特飲街を歩いていった。

窓の下で人が呼んでいるようなので、菊代は蒲団をすべり出て暗い階段を降りていった。戸を開けると、徳子が立っていて手招きした。間野が来ていてずっと酒を飲んでいるのだが、もう帰るかもしれないという。菊代はあわてて淡紅色の裏梅の長襦袢《ながジユバン》の上に半纏《はんてん》を引っかけてきて、急いで徳子と連立って出た。菊代はこんな恰好をして今でも平気で歩いてゆくのだが、夜更けのせいかほとんど店は閉っていて、目立ちもしなかった。

徳子の店はほんの一坪あまりで、客は間野しかいなかった。真赤に染った顔で振向いた間野は目を据えて菊代を一瞥《いちべつ》すると、奥さんがその恰好はなんです、とたじろいだ風だった。

「そりゃあ、昔のユニフォームだろ」

菊代はちょっと気まり悪そうに目を細めて、こんな恰好がいけなければ、もっと早くに呼べばきちんとして来たのだと言訳した。彼女は間野の毒舌も久しぶりに懐かしいので、彼にすりよって掛けた。文子がコップを差し出してビールを注いでくれた。浅い眠りから醒《さ》めてきたせいか、菊代の瞼《まぶた》ははれぼったく紅《あか》みが差して、艶冶《えんや》だった。酒のまわった間野は無遠慮に顔を近づけて、新家庭はどうかとあけすけに訊ねながら、ビールを飲む菊代を眺めまわした。二年間家庭を持った女にしては少しも燻《くすぶ》っていないのが珍しい。間野は早くから菊代の客だったが、放蕩者《ほうとうもの》の彼は時々風向きを変える質だった。運動具製作所の主人で、仕事には抜け目がなく、ローラー・スケートが流行るとすぐにそれをやり、季節にはビヤホールにしたり、だめになるとみるとすぐバラックの商店街にするという遣手《やりて》だった。体格の良い彼は酒にも強いし、あけっぱなしな遊びをした。

「木場の旦那は生きがいいかね」

菊代はビールで頰を染めながら、河岸に浮いている材木みたい、そう言った。徳子が二人の前につまみ物を出しながら、菊代と小池の仲のよさを喋《しゃべ》った。どこがよくて一緒になったかしらないが、案外長続きするものだ。間野は酩酊《めいてい》の上機嫌で冷やかした。もっとも間野に会いにきたのは、そろそろ御破算の時期が来たととれなくもなかった。

「そうだろう」

と間野は言った。すると菊代は浮かない顔をした。

「小池ときたら、空気の抜けたゴムまりみたいなのよ」

朝の早い彼は寝起きが悪くて、欠伸をしいしいやっと起きる。夕方帰ってきても疲れていて、夜の生欠伸が絶えないのだ。彼にはどこか虚脱の兆《きざし》があった。以前はそうではなかったが、菊代の生命力の前では稀薄《きはく》な存在になってゆくようだ。いつも対象の中に生きていなければいられない彼女は、消えてゆく灯をみるような焦躁《しょうそう》と不安があった。彼女は自分が良人をそのようにしたのかと考えてみるのだが、わけが解らないで腹立たしい。彼女が心を尽すと彼はかえってうるさがった。それでも彼は真直ぐに帰ってきた。このちぐはぐな循環の中で、小池はあきらかに弾力を失っていた。

「君と一緒になったら、誰でもそうなるさ」

間野は言った。

「人聞きが悪いわ」

菊代はビールでぽっとなりながら、屈託もなく笑った。美しい顔をしながらおそろしい魔の棲《す》む女があるものだと、間野はくだけた姿で酒を飲んでいる彼女をおもしろがった。そのくせ今にも彼女の良人が表へ迎えにくるような気がしてならない。すると彼は昔と少しも変らない菊代の、堅気らしさの身につかないところが、仕様のない女だとたのしくもあった。

「こんな奥さんで、よく所帯が持ててゆくものだ」

「ところがこの人はしっかりしてますからね。今の家だって自分で建てたんですよ」

徳子がそう言うと、酔った間野は手を打って頷《うなず》いた。菊代の建てた家には彼の入れ上げた金も入っている勘定で、そうとすれば自分も株主だから、一度その家へ招待されてよいはずだなどと言ったので、みんな笑い出した。菊代は自分も笑いながら、艶な眼差で言った。

「間野さんに会っていると、間野さんが一番いいわ。うちへ帰れば小池も厭《いや》ではないけれど」

「お前さんは昔から欲張りだったよ。あっちも欲しい、こっちも欲しい、強欲《ごうよく》張りの本性なんだな」

間野は艶福をたのしみながら、相手を揶揄《やゆ》した。

「そうよ。私はなんでも二つ欲しいの」

菊代は酔ってきて、弾んだ陽気な声で間野の腕にしなだれながら、歌うように言った。

「箪笥も二つなければいやだし、紋付の羽織も二枚欲しいし、鏡台だって二階と下に一つずつあるわよ。私はねえ、なんでも二つなければ気が済まないのよ。だから男もふたありいないと気がすまない、解った？」

この軽快な論法があまり自然な調子だったので、それまで菊代から目を放さずに眺めていた文子が、はあっと感歎《かんたん》の溜息を洩らした。

「なんでも二つだって、うまいこと考えたわねえ」

徳子は不死身な菊代の本領に触れると、なにか痛快になってきて噴き出した。間野はもう誰憚からないほど酔っていたし、彼の目には仇《あだ》な菊代の姿が、「玉垣」の頃の彼女としかうつらない。「玉垣」へゆこう、と彼はよろめきながら菊代の半身と一緒に立ち上った。

夜の十二時を合図として、この町のネオンは一斉に消えてしまう。薄闇《うすやみ》の町の軒に女たちが蠢《うご》めき合って、必死な声で客を引くのはこの時刻からだった。

「あの人たち行っちゃいますよ、ほんとに「玉垣」へ行っちゃいますよ」

文子は夜の町へ本当に消えてしまった二人を見届けて、おろおろしながら駆けこんできた。この成りゆきが彼女にはまだ信じられない。木場へ出ている小池のひょろりとした姿や、高い喉仏《のどぼとけ》の出た浅ぐろい顔が目先へちらついてきた。すると他人のことでも動悸《どうき》がしてきた。こういう危機感がもし自分の上にあったら、このスリルは確かに珍重すべきかもしれない。彼女は老衰した良人を思い出して、真から情けなさに涙が出てきた。徳子はうろたえている文子を尻目《しりめ》に、菊代の飲み残したコップのビールを干した。菊代が二階から抜け出してくる時、まさか小池が目を醒《さま》してはいないにしろ、いつ目をあけるかは解らない。なあにあの女のことだもの、時間を見計って上手に帰るだろう、徳子はそう思った。

長いことこの町に住んで、彼女は娼婦のどんなあくどさにも馴れているのに、菊代のことではやはり共犯めいた後ろめたさを感じなくもない。同じ菊代が娼婦だから許せて、妻だから許せないというこの建前はなんだかおかしい。人間を律するもの、社会も道徳もうまく人間を馴らしたものだ。だって悪いという気がするもの、と徳子はまだ入口に立って案じ顔の文子を眺めた。

夜半から暁闇《ぎょうあん》にかけて、この橋の界隈にも人通りの絶える間があった。東の空が白んできて、まだ完全に明けきれないぼやけたような朝靄《あさもや》の中を、菊代は「玉垣」から抜けてきた。犬の子一匹いない森閑とした大通りを横切ってゆくと、磯の香がした。肌がひんやりとした。彼女は駆けてゆきながら、ふと大通りの外《はず》れの堤防の際にある遊園地のぶらんこが揺れているのを見た。この時刻に人が乗っているとは思えなかったが、見ると人が乗っているようだった。彼女はぎくりとして、それが彼女の帰りを待ちうけている人間のような気がした。彼女は目をこらして、仄暗《ほのぐら》い遊園地の柵《さく》へ近づいていった。ぶらんこには誰が悪戯《いたずら》したのか黒い兵児帯《へこおび》が引っかけてあって、それがだらりと垂れているきりだった。彼女は舌打して、急いでそばを離れてすたすた歩いた。自分の家の格子戸は出た時のままになっていた。家の中の茶の間に座るとほっとして、煙草を探してゆっくり喫《の》んだ。

朝の支度をして、二階へ上ってゆくと小池は珍しく目をさましていた。菊代は雨戸を繰った。運河の水が退くのか水面が揺れているようだった。小池は菊代を見て言った。

「ゆうべは夢ばかり見た。一人でボートに乗って、この河を漕《こ》ぎ出て行く夢だったな。

ごみごみした月島を出てゆくと舟がひどく揺れて、実に苦しかった」

「そうお」

菊代は優しい声でいった。小池は彼女を凝視して、訊ねた。

「お前、俺に隠して何か始めたんじゃないのか」

「なんのこと」

「金策してるんだろ、何を始める気だ」

菊代は答えないで、薄笑いをしただけだった。彼女はかいがいしく小池の着替えを一つずつ手渡した。小池は黙って階下へ降りていった。菊代は小池を送り出すと、二階に上って一眠りした。

彼女が外出着に着飾って徳子の店へ寄ったのは、昼過ぎだった。彼女が屈託のない顔で昨夜の礼を言うと、徳子はどこか不機嫌そうに彼女をじろじろみてから、「文ちゃん、文ちゃん」と呼んだが返事がない。

さっき文子が廓《なか》へ入ればいくら位借りられるだろうと言ったので、徳子はその不心得を叱《しか》りつけた。菊代のような放埓《ほうらつ》で抜け目のない女はまたとないが、しかし彼女も一生うまくゆくとは限らない。今に自分で自分の罠《わな》におちこんで、首を絞めることもあるものだ。あの女《ひと》がお手本にはならないのだ。すると文子はぷいと店を出て行ったのだった。徳子はその鬱憤《うつぷん》がなんとなく菊代へ向ってゆく気持だった。手伝いにくる女がみんな特飲街へ行ってしまう。文子のような地味な女さえそうだ。徳子は台所で茶の支度をしながら、転がっている大根の尻尾《しつぽ》をポーンと窓から運河へ投げ捨てた。茶を運んでゆくと、菊代はコンパクトを覗いていたが、明日にも重井に寄ってくれるようにと言伝《ことづ》てを頼んで立ち上った。めかしこんでどこへゆくのかと徳子は聞いてみた。ちょっとそこまで、と言って菊代はふっと目を細めて訊ねた。

「そこの芝居に出ている役者は、昼は一体なにをしているのかしら」

「さあ、ごろごろしているか、それともちんどん屋かしらね」

いやだ、という顔を菊代はした。徳子はその肩を押した。

「なんでも二つ欲しい人だからね」

この皮肉は菊代にも応《こた》えた。彼女はきまり悪そうに頰を染めながら、ひらりと身軽に出ていった。彼女はこれから銀座の資生堂で間野と会う約束になっていた。彼と会って持出す金策の交渉を考えると、激しい闘志のようなものが湧《わ》くのを菊代は感じた。さびれた街筋を埃にまみれて疾駆してくる空車に向って、彼女はさっと手を挙げた。

歓楽の町

女は一度結婚すると、人が変るのかもしれない。

恵子《けいこ》は吉野徳子の店へ厄介になって、瞬《また》く間に一週間が過ぎようとしているのだが、徳子の変り方に驚いていた。もっとも徳子の方でも恵子についてそう思っているかもしれない。二人は女学校時代の親友で、一緒に空襲警報を聞きながら勤労動員された工場に通った仲だった。月島の造船所の防空壕で何度生死をともにしたか解らない。徳子は勝気な明るい少女で、笑いの少ない時代でも張りのある声で高く上を向いて笑ったものだが、今では客に愛想笑いを向けていながら、少しも笑ってはいないのである。

「そうよ、面白いことなんかなんにもないわ」

徳子は寝て起きたまんまの顔で煙草を銜《くわ》え、セットした髪だけは大切にネッカチーフで包んで店へ下りた。店といってもほんの一坪あまりの腰掛の飲み屋で、鉤《かぎ》の手に細いテーブルがまわしてあるきりだった。のれんの奥は水屋で、その横に座敷がついている。座敷の窓下は掘割で、水がきていた。この掘割の水で囲われた向う側は元遊《ゆう》廓《かく》で、洲崎の海に突き出しているが、戦災で壊滅した土地だけに昔の半分も復活していない。さびしい特飲街だが、それでも夜になるとネオンの灯《とも》る橋の入口の左右には、遊客相手の小さな酒の店が並んでいる。

ここへ漕《こ》ぎつけるまでの徳子の苦労は、彼女の言葉でいわせると、

「食うや食わずで走りつづけたようなものだわ」

人生は行き違いばかりだ、というのが徳子の持論だった。恵子はそうかもしれないと思う。自分の結婚もどこかで間違ってしまったのだろう。恵子は良人《おっと》の木部泰次としばらく別居するつもりで家を出てきたが、実家へも戻れなかった。不景気な鉄工場へ勤めている弟は嫁を貰《もら》ったばかりなので、恵子によって家庭を乱されることを恐れていたし、母は母で一度結婚した娘の行く末を予想するだけで、不安に怯《おび》えるらしかった。恵子の愚痴は結局は言い含められて、臭《くさ》い物には蓋《ふた》という結果になった。恵子が思いきって吉野徳子を頼ってきたのは、自分で自分にふんぎりをつけようとしたのだが、本当のところ一週間で恵子はこの生活にも疲れていた。一体どうしたら好いのかしらと思う。

二人は店を掃除して、遅い朝飯を食べはじめたが、そうしているともう徳子の子供が小学校から帰ってくる。ここには朝の時間はない。大抵夜明しをする晩が多いからなのだ。その店先へ老人の客が入ってきた。

「御隠居さんじゃありませんか」

徳子は飛び出していって迎えると、珍しく客を座敷へ案内して、ばたばたと片付けて卓を出した。開いた窓から春の川風がそよいでくる。老人は血色が良いせいか、さっぱりした白い皮膚が艶々《つやつや》して、少しも老人の穢《きた》ならしさがなかった。薄い毛織のもじりを脱いで座敷に上るとにこにこしながら、懐かしそうにあたりを見回している。恵子は何者かと思ったが、徳子が下にも置かない様子なので急いで茶を運んでいった。徳子が紹介すると、

「ほう、きれいな人だな」

女を見る時の目だけはよく光って、執拗《しつよう》らしく、いつまでもじっと女の皮膚の上に止っている。恵子はちょっと撫《な》でられたような気味悪さで、急いでそばを離れた。徳子が店へ出てきて、

「廓《なか》の「銀の鈴」へ行って、麗子《れいこ》さんて妓《こ》に御隠居さんがいらしたからって、呼んできてほしいわ」

「「銀の鈴」って、どこの店なの」

徳子は外まで出てきて、橋を渡ってからの道を指差した。恵子は教えられた通りに

店を出て、女を呼びに行った。あんなお爺《じい》さんがへえ、と驚く気持だった。町で会ったら、上品な御隠居で誰からも敬愛されそうにみえるのに、男は幾歳になってもいやらしいものだと思う。

橋を渡ると大通りで、左手の一画だけが特飲街になっている。戦争中に遊廓が疎開して、この囲みの中の貸座敷はあらかた軍需工場の寮になった。娼婦《しょうふ》が肉体をひさいだ淫楽《いんらく》の部屋が勤労動員の工員や学生で充《み》たされて、彼らはその染みついた臭いの中で戦争の終りを待ったのだった。勤労者と疎開から戻ってきた遊廓の人たちとが、今では焼けあとの町を二分して暮している。恵子は午後のがらんとした特飲街の安っぽいタイル張りの店の前を歩いていったが、そのうち横通りへ人が駆けてゆくのをみて、自分も駆け出した。横町の一軒の商売家に人だかりがしている。店先に警官が縄を張って立っているのが物々しくみえた。

「なにかありましたの」

恵子はそばの女に訊《たず》ねてみた。

「ここの店の妓が殺されたんですよ」

「まあ、誰に」

「お客でしょう。朝になっても起きてこないから、行ってみたら死んでたそうで」

　隣の男が振返って、

「無理心中のつもりかな。男は恐くなって逃げ出した」

「そうじゃあなさそうだぜ。ひどく苛々《いらいら》した男で、金はあるんだと言ったそうだから、事業にゆき詰った男じゃないのか」

　別の立見が推理を働かせてそういうと、

「じゃあ、顔は解ってるんだね」

「殺された妓に、なにか文句をつけているのを朋輩が聞いたっていうんだ」

「それにしても、殺さなくたって、ねえ」

　そばの女が恵子にそう言った。検屍《けんし》がすんだのか、白い診察着の男や背広の男たちがどやどやと奥から出てきた。彼らは通りの向うに待たせた車の方へ歩いて行った。半纏《はんてん》を着た女や、寝巻にコートを被った女があちこちに立って、ひっそりと見送っている。恵子は身慄《みぶる》いするような気持で、足早に歩き出した。一夜の交りが稼ぎの代になって、肉体がすりへってゆくのに、情愛のかけらもおいていってもらえないで、嬲《なぶ》られたり、殺されたりもする。いやでもいつか人間の芯《しん》がすっかり腐ってしまわないだろうか。恵子は自分が良人から離れてきたのも、その情愛が疑わしかったからだと思った。

彼女は徳子に教えられた「銀の鈴」という店へ入っていった。声をかけると、奥から女主人らしい年配の女が顔を出した。

「麗子さんいらっしゃいますか。橋のわきの「千草」という店ですが、いま御隠居さんが見えて、お呼びです」

「御隠居さん、そりゃあ困ったわね」

女主人は肥った身体《からだ》を店先まで運んできた。

「麗子はもういないんですよ。よそへ変っていったものだから……代りにいい妓がいますがね」

「どこへ変ったんですか」

「一々行き先を言いませんからね。代りに若い妓がきてますがね」

「聞いてきますわ」

恵子は急いで帰った。橋を渡りながら、こんな使いをしている自分が侘《わび》しい気がした。これからでも履歴書を書いて、また元のようにどこか会社の勤め口を探さなければならないと思う。彼女には水商売は出来そうもなかった。

隠居は小さな鍋の湯豆腐で酒を始めようとしているところだった。徳子は銚子を持っていた。

「すぐ来るの」

「いいえ、それがもういないんですよ、あの店に」

いないと聞くと、隠居の顔がさっと翳《かげ》った。特飲街の女は前借がない建前だから、今日いて明日はいないことも珍しくない。麗子という女の行き先も解らないと知ると、もう露骨なほど不機嫌な面持になって、老人は気短そうに立ち上った。

「出直してこよう」

老人はもじりを着て、無言のまま帰っていった。

「なあに、あれ」

呆気《あっけ》にとられて見送った恵子は、ふっとおかしくなって笑い出した。あんな露骨な老人は見たことがない。銚子を手に持ったままの徳子は舌打して、

「笑いごとなもんですか、馬鹿《ばか》にしてるわ」

チップを置いてゆかなかった老人の吝嗇《りんしょく》に、腹が立ってたまらない。この老人は月

に一度か二度遊びにくる客だった。亀戸から二つか三つ先の駅の近くの銭湯の隠居で、若い女が大好きなのだ。一生かかって一番安く遊ぶ方法を考えたとみえ、昼から出てきて安直な飲み屋へ暇な時間の女を無料で呼ぶのだった。御飯の一杯も食べさせて夕方に帰してから、一眠りして、元気になった夜更けにその女の処《ところ》へ泊りにゆくという順序だった。それもなるべく遅く、時間で安くなるのを見込んで出かける。こんな客でも徳子はないよりましだと思っていたのだ。徳子は棘々《とげとげ》した顔で、ふやけた湯豆腐を睨《にら》みつけている。恵子は仕様ことなしに、話の接穂《つぎほ》に殺された娼婦の話をした。

「手拭で絞《し》められたらしいのよ」

「男はそんなものですよ。事業がうまくゆかなくて妻子を泣かせたあとに、行きずりの女にまで八つ当りするんだから。恵子さんもここに長くいては駄目、男のあらばかり見せられて、だんだんに男が厭《いや》になるから」

「もう疾《と》うから厭になってるわ」

恵子は苦笑したが、ふと自分の悩みが底の浅いものではないかと、痛いようなものが胸をよぎってゆくのだった。

夕刻前の暇な時間を見計って恵子はバスに乗り、三つ程先の停留場にある弟の誠吉《せいきち》の勤め先を訪ねた。月島の見える鉄工場で、壊れたコンクリート塀《べい》の中に入ると、轟々《ごうごう》と機械の音がした。

誠吉は作業服のまま出てきたが、恵子を見るとすぐ引返して、上着を引っかけて出てきた。

「邪魔じゃなかった」

「かまわないよ。三十分暇をもらってきた」

倉庫や工場しかない殺風景な場所なので、姉弟は工場裏の運河に沿って歩いた。運河は大きな船が引込めるほど広かった。

「昨日、高野《たかの》さんがたずねてきた」

誠吉は歩きながらそう言った。良人の木部が来ずに、高野が来たと聞くと、恵子はやはり気が沈んできた。高野がわざわざ来たのは彼の妹の町子《まちこ》のことだろうと思う。

「なんて言ってて」

「うん、早く帰るようにすすめてほしいと言ってたな」

誠吉はちらりと姉の顔を覗いた。周囲が臭いものには蓋という気持ならば、帰るのは厭だと恵子は思った。木部が自分より町子を愛しているのならば、彼女と結婚すればいいのだ。そこのところが曖昧《あいまい》なために、いつまでも苦しむのはもう真平《まつぴら》だ。恵子は木部と結婚して三年になったが、良人をすっかり信じきったことはなかった。いつも良人との間に薄い紙一重の隔たりがあるような、もどかしさを感じていた。木部の大ざっぱな性格と、恵子の濃《こま》やかな性格とはどこかで摩擦して、しっくりと溶け合わないのかもしれない。恵子の方は初婚だが、木部は前の妻が胸を患って亡くなったあとの再婚で、二人は平凡な見合いのあとに結ばれた。恵子は嫁にきてみて、木部の家がなんとなく前の妻の息吹に充ちているような気がしてならなかった。一つにはこの家がその妻の実家の持家だという先入感かもしれなかった。しかし茶の間と客間と木部の書斎と、それから台所にも、あるべき場所に道具が納っているのを、恵子には変える余地がなかった。一年あまり床についていたという前の妻は、寝ながら箪笥《たんす》や襖《ふすま》や机を眺め暮していたと思うと、恵子は全部取りのけたい気がしたが、それも出来なかった。恵子は戦災で焼けた実家からそれほどの支度もしてきてはいなかった。

　再婚の木部はもう胸のときめくような新婚のゆめも覚えないのか、淡々とした生活ぶりだった。彼は賭事《かけごと》や勝負事が好きで、いつも何かに熱中していた。シーズンには競馬にも競輪にも行くし、野球も相撲《すもう》もきらいではなかった。一時は株にも手を出したらしいが、これは大損になって止《や》めたのだった。彼が一番飽きずに続けているのは麻雀《マージャン》だった。彼の勤めている食品会社では麻雀が流行《はや》っていて、取引先の客も交えて土曜日から日曜にかけては夜明しでゲームをすることが多い。彼の情熱は賭に集中するので、日曜日の夜は脱《ぬ》け殻になって帰ってきた。月給袋がそのまま恵子の手に渡るということはなかった。恵子が軽い月給袋を受取って黙っていると、木部はさすがに気が咎《とが》めるのか、ふいにケースに入れたサファイヤの指輪をくれたり、前の妻の物らしい着物を出してきたりした。恵子はその着物を手にとってみて、

「これ亡くなった方のものでしょう。どうして高野さんへお返しにならなかったの」

「いいんだ、僕が買ってやった分は返す必要もないさ」

木部は平気な顔でそう言っていた。恵子はその着物を身につける気にはなれなかったので、そっとしまった。

恵子は前の妻の実家へ、月末になると家賃を届けにゆかなければならなかった。高野の家では親戚《しんせき》のつもりで、お上りなさいといったが、恵子は奥へ通る気にもなれなかった。通ってお喋《しゃべ》りをすれば図々しいと噂《うわさ》するだろうし、上らなければ妙な女だと

いわれるに違いない。恵子は気が重かった。高野の末娘で、亡くなった妻の妹にあたる町子は、たまに日曜日など遊びにくることがあった。彼女は庭先から自分の家のように無遠慮に入ってきた。

「兄さんいます？」

木部がいなくても、彼女は縁先の籐椅子《とういす》にかけて、茶の間や座敷をぐるぐると見回すのだった。それはどんな新しい自由もゆるさないような目だった。

「あら、その指輪どこから出てきたの」

恵子はぎくりとして、茶を淹《い》れかけた手の指を急いで引込めた。彼女の左のくすり指には青い透明な玉が光っていたのだった。町子は乗り出すように凝視《みつ》めた。

「それは亡くなったお姉様が大切にしていた指輪だわ。兄さんに聞いても、僕は知らないなんて」

恵子は屈辱で顔が燃えるようだった。しかしむらむらするはずかしさのために、決してこの指輪は抜くまいと思った。すると町子の額にも棘々した筋が走った。

「まだ時計もあるはずよ、ナルダンの良い時計よ。それも見つからないそうだわ」

「泰次にお聞きになってみて下さい」

「返してくれやしなくてよ、きっと」

町子はすっと立って、帰っていった。恵子はその晩、良人の帰るのを待つのが堪えきれないほど長かった。

「なぜこんな指輪を私に下さったの。恥をかかせるためなの」

「町子はばかに欲深になったな」

木部は大きい身体でごろりと寝転んで、気にもとめない風だった。

「あなた、町子さんを貰《もら》えばよかったのよ。世間には姉のあとへ妹がくることはよくあるわ」

「そんな話もあったのさ。ところが町子が厭だと言ったんだ」

木部はまるで他人ごとのような調子で、町子は理想が高いから、いつまでも嫁にゆけないのだと言った。

町子の心のなかに、ここは私の場所だという気持が、いつも恵子に対して働いていたと考えられなくもない。恵子はそう感じるようになった。しかし一度は結婚を断った相手の木部と、町子はなぜ関係をもつようになったのだろうか。町子がいつからか姿を見せなくなって、恵子の気持が静まった頃に、彼らは別の場所で会っていたのだった。

恵子は賭事に熱中してばかりいた心の遠い良人が愛情問題で悩みはじめて、妻のことも考えてくれるようになったら、別れるにしろ、別れないにしろ、夫婦らしく心の奥底まで見せ合うことが出来ると思った。どの道彼は二つに一つを選ばなければならないのだった。木部はそういう恵子の思い詰めかたを嫌った。

「もう少し待ってくれよ」

彼は自分で自分の気持がうまく摑《つか》めないで、成りゆきの中にしぜんに処理しようとした。この伝《でん》でゆくと彼はふとした成りゆきで、町子とそうなってしまったのかもしれないのだ。恵子はその曖昧さをみると、目の先が真暗になった。自分から別れることも考えたのだ。

「帰ってほしければ、木部が迎えにくるはずでしょう」

恵子は運河の濁った水を見ながら歩いた。誠吉は煙草に火を点《つ》けるために立ち止っていたが、また歩き出した。

「高野さんの兄さんて人は正直に、自分の妹のすることがさっぱり解らんと言ってたな。いろいろ縁談もあるらしいしね」

恵子は町子がその縁談の一つを決めて、嫁にゆくことを考えると、町子はそれでよいとしても、木部や自分はそれで救われはしないのだと思った。恵子はそういう成りゆきのままの解決はいやだった。自尊心が許さないのだ。しかし誠吉は恵子に帰ることをすすめた。

「姉さんがひとりで力《りき》んでみても、一人相撲になるだけだろ。木部さんも町子さんも案外けろりとしているかもしれないし」

「そうして、私だけがくよくよしているってわけね」

　恵子は河の淵《ふち》にしゃがんだが、河の水のように濁った気持だった。

「ともかく今夜家へ来ないか。みんな心配しているし」

　誠吉は恵子の機嫌をとるように言ったが、恵子は愚痴や泣き言をいう母に会うのは気が進まなかった。といって、いつまで徳子の店にいられるものではないのだ。日が傾いてきたのか川風が立っている。恵子はギャバジンの外套《がいとう》の襟《えり》へ手をやって、女の行く手の狭さというものを考えていた。

　恵子が店に帰ったころは、もう日の暮れ方だった。

ここへ恵子が転がりこんできたのと入れ違いに、千葉の田舎へ遊びに行った徳子の母が帰ってきていた。魚の干物や野菜の土産などがひろげられて、徳子の子供は祖母にまつわりついている。今夜から四人が一つ部屋に寝るのかと思うと、恵子は肩身の狭い思いがした。

「どうだったの」

徳子が恵子の顔色をみるので、恵子はざっと弟の意向を伝えた。徳子も良人に背《そむ》かれた上に、子供を抱えて長年苦労してきたせいか、恵子の気持に対して労《いたわ》りがあった。こんなときそばから命令しても、恵子の気持が納得しなければなんにもならないと思っている。

「あなたの気持次第だけど、ともかく旦那《だんな》さまをいつまでも一人にしておくのはよくないわ」

「ええ」

恵子は一人でいる木部が懐かしいのか、憎いのか自分ながら解らなかった。

店に客が入ってきた。徳子がぱっと出ていって迎えている。客はビールを注文した。蓋明けの客がビールや清酒だと縁起がいい。大半は焼酎《しょうちゅう》の客が多いからだった。恵子がのれんから覗いてみると、客は案外にも貧しい身装《みな》りの男で、瘦《や》せて顔色が悪く、無精髭《ぶしょうひげ》を伸している。なんとなくむさくるしく男の世帯やつれを思わせた。むっつりした男は、ビールが注がれるとぐっと一息にさも美味《うま》そうに飲み干した。細い喉仏《のどぼとけ》がごくごくと動いている。徳子がお代りを注ぎながらお愛想を言ったが、返事もしない。どことなく陰気で目付の暗い男は、恵子がのれんから出てゆくと、じろりと見た。恵子はふっと朝方殺された娼婦のことを思い出して、こんな男が殺したのではないかしらと連想した。陰気な男は狂暴になるとむごいことをする。今さっきまで自分の女であったものを扼殺《やくさつ》さえするのだ。そう思うとこの男がなんとなく無気味に思われた。それでいて男の情熱というものが、恵子には未知の魅力でもあった。男の無関心ほど堪えられないものはないし、それに比べたら憎まれた方がまだしもだと思ったりする。

男は塩豆をつまみながら、瞬く間に一本のビールをあけてしまった。喉から耳から額までがアルコールのまわりで赤く染ってくると、男の顔にも生気が出てきた。彼はいくらか口も軽くなったとみえて、徳子に向って訊ねた。

「どうだい、景気は」

「駄目ですねえ、まるっきり不景気で。一つぱあっと景気出てくるような政治はないもんですか。この間うちへ来たお客が、外国は景気がいいんだって言いましたよ。なんで私たちの国ばかり不景気なんです」

「知らないな」

男は暗い顔で横を向いてしまい、しばらくしてビールの二本目を注文した。恵子が出してくると、彼は恵子を見て、

「すまないが、使いに行ってくれないか」

そう言った。

「どこへですか」

「「ラッキー・スター」って店があるだろ、あそこのあき枝《え》って女だ」

恵子は徳子の顔を見てから、仕方なしに頷《うなず》いた。

「呼んでくるんですか。あなたの名前は」

「荒川から来たといえば解る」

断るわけにもゆかないので、恵子は徳子にその店を教えてもらって、外に出た。特飲街の入口の橋の上には赤いネオンが華やかに明滅している。一つの陸《おか》を囲む河は上潮なのか水量が増してきていた。恵子はここからあまり遠くない町に育って暮したの

で、水の入り組んだ掘割や運河をみると、自分の町にいる心地で、ふと母の許《もと》へ行ってみたい気がした。弟も母も待っているかもしれないと思う。まるで少女の使いのように客に顎《あご》で使われる自分がみじめだったが、しかしこれしきの覚悟なしに生きてはゆけないのだと、急いで歩いた。

「ラッキー・スター」は特飲街の外れの、コンクリートの堤防のみえる近くにある店だった。まだ時間が早いのか、店には若い女が一人だけ椅子にかけていた。恵子があき枝を呼んでもらうと、若い女は甘い声で、あき枝の名を甲高《かんだか》く呼び上げた。恵子はふとあの陰気な客の思いつめた女というのは、どんな顔をしているのかしらと思った。

あき枝はすぐに出てきた。銀杏《いちょう》の黄ばんだような色の服を着た細い女で、恵子より一つ二つ年上の、もう三十を出ているらしくみえるのは、顔立が分別くさいせいだった。新しい洋服を着ていながら少し猫背に、彼女は怪訝《けげん》な表情で店先へ出てきた。

「荒川から来たってお客さんが、うちの店でお待ちなんですけど」

荒川と聞くと、女の顔は動揺して、あわただしい目になった。

「すみません、ちょっと待って下さい」

あき枝は奥へ断ってきたのか、やがて青っぽいツイードのスプリングコートを着てきた。二人は並んで徳子の店へ帰っていった。恵子は身をひさぐ女たちになんの偏見も持っていなかったけれど、もし今誰か知った人に出会ったらなんと思われるかと思うと、やはりこんな歓楽の巷《ちまた》にきて、娼婦と並んで歩いていることが心に重かった。その重さが隣の女にも伝わったのか、女の足は男に会いにゆく嬉《うれ》しさに弾んでいるともみえないほど、にぶい足取りだった。

店の入口の柱のところに、女はちょっと立っていた。店の中で二本目のビールをあらましあけていた男は、振返って女を仰いだ。貧しい身装りで酒を飲んでいる男をじっと眺めた女の顔が頬をふるわせてくると、男は目を伏せた。この一瞥《いちべつ》の微妙な哀切感が、恵子の心を激しく捉《とら》えた。あき枝という女は男のそばへ寄っていって、ゆっくり腰を下した。客の前に立っていた徳子は、あき枝のためにコップを出した。男は三本目のビールを注文している。

恵子が店の奥の座敷の上り框《がまち》に腰かけていると、徳子が客に気を利かせたのか、これも引込んできた。狭い店なので、女の呟《つぶや》くような声がつつぬけに聞こえてくる。

「どうしていたの、あんた」

「相変らずだ」

「身体はどう」

「ぶらぶらしているのさ」

「お酒飲んでいいの」

「たまに酒位なんだ、酒でも飲まずにいられるか」

男はビールをとくとく注いでいる。

「子供たちは元気でいて？　一夫《かずお》も波夫《なみお》も」

「ああ」

女はしんみりと子供のことをたずねはじめたが、男はうるさそうにして、ろくに答えもしない。恵子はどきりとして、徳子の顔を見た。男と女の客が夫婦だとは、今の今まで恵子は気がつかなかったのだ。徳子の母が夕飯の膳を並べたので、徳子も座敷へ上った。魚の干物を焼いたささやかな夕飯の間も、恵子の耳は店の間へ吸いよせられた。女のぼそぼそした声が地底から聞こえてくるように、陰々滅々としていた。男がうるさそうに、押し殺した声でいうのが聞こえた。

「金が要るんだ、それだけだ」

「お金が出来ていたら、とうに持っていってたわ。子供の顔だってもう三月《みつき》も見ていないけど、お金も持たずに行かれやしないじゃありませんか」

「じゃあ、その新しいコートはどうしたんだ。お前の着ているそのスプリングコートは新しく作ったものだ」

男の声音には苛立たしさがこもっていた。

「このコートは月賦で買ったんです。春といっても夜が更けると寒いでしょう。あたしたちは夜半まで石畳の上に立っているんですよ。身体が底冷えてきて、なにか被っていなければいられないの。着物を揃《そろ》えるのは高いから、こんな化繊の洋服を着てごまかして、このコートだってまだお金は払えないし、贅沢《ぜいたく》だと思われちゃたまらないわ」

「家族の者は干乾《ひぼ》しで、お前は洋服の新調か。いい身分だなあ」

荒い物音がしたので、恵子は箸《はし》をおいた。徳子は落着いて御飯を食べ終えた。

「そのコートを売ってこい。その金をもって帰るんだ」

男はわめくような自棄《やけ》な声を上げたが、徳子が店へ出てゆくとやり場のない勢でまたビールをいいつけた。

「もうお止しなさいったら、この代金は一体誰が払うの」

「知るもんか」

「あたしは、あんたのお酒の番までみませんよ」

恵子がお茶をついで二人の前へ持ってゆくと、女はうなだれていた。男はふっと立ち上って、少しよろける足でふらふらと橋の袂《たもと》の暗い共同便所の方へ歩いていった。女は暗い通りを覗いて、男の後ろ姿をじっと目で追っていった。

「あんたの旦那さんなの」

「ええ、失業して、おまけに身体が悪いんです。どうしてだか、子供もみんな弱いものだから」

徳子は聞き役で、女にお茶をすすめた。男はなかなか戻ってこない。女は徳子を見て、縋《すが》るような目をした。

「すみませんが、このビールの代を貸しにして下さいませんか。このコートのお金を払うのに追われてるもんですから」

「冗談じゃないわ、あんた」

「きっと今月の末までには払いますから」

「そういって、今までに払ってくれたためしがないの。勘定を取りにゆくと、もう店換えで、どこに行ったか解らないんですよ」

恵子は二人から顔をそむけて窓から外を見たが、まだ男は戻らなかった。

「遅いわねえ」

「あのひと、もう帰りました」

女はそう言って、うつむいた。徳子は仕方がないというように溜息《ためいき》をついた。

「じゃあこうしましょう。半分だけ今夜払って頂戴《ちょうだい》。お店で前借したらいいでしょう。あとの半分は月末まで待つから。ねえ、こっちも商売なんだから」

女は侘しい表情で頷いた。恵子は立ち上って女のあとから、またつけ馬になってゆかなければならなかった。

橋の袂で立ち止って、女は電車通りの方をしばらく見ていた。恵子も振返った。

「ほんとに帰ったのかしら」

「ええ、ポケットへ蟇口《がまぐち》を入れてやりましたから」

女は歩き出すと、ぼつぼつ喋り出した。良人は気が弱くて、失業するとそれなり生きる自信がなくなってしまったのだが、悪いことは続くもので、病人が続出した。彼女は内職では間に合わなくなって、酒の店の女になった。そのうち下の子供が疫痢《えきり》になって死にかけた。夢中になって金の心配や病気の心配をしているうちに、自分の身は堕《お》ちるところへおちていたのだった。

「そんなにして助けた子供なんですけど、今になると、子供が恐くて、会いたいのに会いにゆけないんです」

ネオンの耀《かがや》きをました特飲街の通りには、両側の店に女たちの顔が揃って、さざめいている。男の通行人は一軒一軒の女たちにわっと囲まれては、必死にもがいて出てくる。と次の包囲が待っているのだった。女はその道の真中をうつむいて歩きながら、何も聞こえないらしかった。

「時々堤防の下の水をみて、袂へ石を入れたくなるんですよ。水って、川って誘惑的ですねえ」

恵子は新しいスプリングコートを着た女の背中を抱えてやりたい気がした。女は恵子を見て言った。

「あのねえ、言っときますけど、あなたなんかもあのお店からここへ堕ちるのはすぐなのよ。ほんとに女ってあっけないほどなの。ですからねえ、堅気のお勤めがいいですよ。そして堅い、気の強い旦那さんを探しなさいよ」

女は店の前までくると、ちょっと待ってくれと言って、入ろうとした。恵子は遮《さえぎ》った。

「いいんです、私今日のお代は立替えておきますから」

女は驚いて何か言ったが、恵子は急いで歩き出していた。両側の歓楽の店々は赤や青の毒々しい照明と、誘うようなレコードを掻き鳴らしている。恵子は今の女に、なにかしら詫《わ》びたい気がしてならなかった。すまなかったと自分が呟いているのだった。この感情の喘《あえ》ぎはまっしぐらに良人の許《もと》まで走っていった。

森閑とした家に一人で寝転んでいる木部に、まだこれほど真剣な熱い思いをそそいだことはないのだった。彼女は感情の高まりに涙ぐみながら、この華やいだ淫蕩《いんとう》な町をすりぬけていった。

蝶になるまで

夜になるとネオンの灯《とも》る下町の橋の袂《たもと》に、小さな飲み屋が並んでいる。その中の「千草」という店へ伴われてきた時、鈴子《すずこ》はちょっと情けなさそうにして叔父《おじ》の三吉《さんきち》を仰いだ。まだ一度も化粧をしたことのない鈴子は、身体《からだ》だけ十六歳だがあどけない顔で両頬がぴちぴちしまってまるいし、瞳《ひとみ》は円《つぶ》らで、小さい唇も酸っぱい杏《あんず》のような匂いがしそうだった。「千草」の硝子戸《ガラスど》には「女中さん入用」と張り出してあるが、鈴子はその女中さんに自分がなるという気はしなかった。女中さんといえばお邸《やしき》のようなところに奉公することをいうのだと思う。

「このひとなの、可愛い娘さんねえ」

「千草」のおかみさんの徳子は一目で気に入ったらしく、狭くて一跨《ひとまた》ぎしかない店にめぐらされたテーブルへ乗り出してきた。一年中出しっぱなしにしてある「女中さん入用」の張紙をみて、三日にあげず女が顔を覗《のぞ》かせるが、こんな可愛い少女の来たためしはない。昨夜三吉から話があった時も徳子は期待したわけではなかったが、ちょうど前のひとがやめて困っていたところだし、三吉ならば身許《みもと》が知れているので、預る約束をしたのだった。

徳子は二人をテーブルの前の坊主椅子に掛けさせて、三吉にはすぐコップへ焼酎《しょうちゅう》を注いでやった。鈴子は紅《あか》いビニールの風呂敷包みを大切そうに膝へのせて、無邪気に店のうちを見回している。壁には清酒いくらとか、焼鳥とか、冷やっことかいう紙が下っているのだ。

「東京は初めて?」

「はい」

「いつ出てきたの」

「五日前です」

「突然やって来たんで、驚いちゃってね」

三吉はよく上野でポン引にかからなかったものだと、少女の無謀にあきれているのだった。鈴子は上野へ着いた時も少しも怖くはなかったが、東京の街の人出にはおどろいて、お祭りかしらと思った。人に教えられて深川まで都電に乗ってゆく間、窓枠につかまって飽かず街の風景を眺めた。石川県の小松《こまつ》市から少し奥へ入った小さな町に鈴子は育った。中学を出て、町の機械工場に勤めていたが、そこが不景気から閉鎖になったので、鈴子は東京へ働きにゆく気になった。一日も安閑としていられない貧しい家庭だった。

「東京には三吉叔父さんがいるから大丈夫だ」

ということで、鈴子は父母の同意をうけた。彼女は東京へ行ったら叔父さんに頼んでデパートの売子にしてもらおうと思っていた。三吉は深川で時計商を営んでいるといって、去年郷里へ帰ったときも安時計を近所の人々に買わせたりしていたが、鈴子が来てみると深川のたずねる町の通りには叔父の店は見当らなかった。戦災で焼けたあとに当座のバラックを建てたような貧しい家並の町だが、どちらに歩いても川があって、材木の流れる通路になっているのが鈴子には不思議だった。叔父の家は庇《ひさし》の傾いた小屋で、時計商どころか店もなにもありはしなかったが、それでも戸口に「時計修繕いたします」と木札が下っていた。

鈴子が着いた翌日に、たどたどしい字で母の手紙が届いて、娘をよろしくと書いてきた。三吉の妻は二人の子供を抱えながら縫物をしていて、自分のお得意さんの「千草」を思いついたのだった。鈴子はどんなところでも働くのはいやではなかったが、こういう店に立つ自分がうまく考えられなかった。

「なあに大丈夫よ、お客さんにお酒を出してここに座っていればいいのだから」

徳子は夕方鈴子を銭湯へつれていって、途中でタオルを一本買って与えた。コンクリートの広い橋の上にネオンがアーチになって灯をともした。橋を渡った埋立地は運河で囲まれて、特飲街になっている。三吉は帰りしなあとからついてきた鈴子に、

「あっちへ行ってはいけないよ、あっちは娼婦がいるからな」

と言ったものだ。

「あのおかみさんはさっぱりした良い人だから、よく働きな。だが厭《いや》ならいつでも叔父さんのとこへ帰っておいで。なあに女の子の一人ぐらい」

焼酎を二杯飲んだ三吉は酔って、赤い顔をしていた。彼は鈴子に、もっとよい勤め口をきっと探してやると、繰返し言って、帰っていったのだった。

橋の上からみると、コンクリートの堤防で仕切られた運河の水は穢《よご》れて、案外にゆらめいている。上潮なのかもしれない。赤や青に明滅する橋の上のネオンを仰ぐと、「洲崎パラダイス」と書いてあるが、鈴子にはパラダイスの意味は解らない。橋を渡ってはいけないといわれたので、彼女はおとなしく「千草」の店へ戻ってきた。客が入ってくると、徳子はコップに焼酎をなみなみと注いで、その上から梅酒を加えたので、酒はふくれ上って受皿にこぼれそうだ。客はさも満足そうに唇をコップへもっていって吸っている。木場に出ている男だった。

「こないだまでいた美代《みよ》ちゃんてのは、どうしたね」

彼は鈴子の顔をつまらなそうに眺めて、たずねた。

「あのひと、結婚しましたよ」

「へえ、どっちと。親爺《おやじ》の方か、息子の方か」

「息子の方ですよ」

徳子はにやにやした。初めはどこかの用足しの帰りとみえて親子二人で「千草」へ寄った客だった。どちらも大工で独り者だったが、美代子に通いはじめて、「千草」には良い客だった。美代子もうまくしたもので父親の方には息子の来ることをいわないし、息子には父親の熱心さを一々報告していた。たまに父親と息子が一緒に来合すことがあると、若い息子はぷいと出ていってしまう。すると父親は渋面作って、美代子にもぶつぶつ当った。

「まだ爺《じい》さんというほどではなし、親爺さんの方が金を持っていたろうにね」

「やっぱり若い方がいいんでしょう、二人で結婚することにしましてね。そのお嫁にゆくときがおもしろかったんですよ」

徳子は自分で興がりながら、客の酒の減り方をみいみい喋《しゃべ》った。

「今日嫁にゆくというので、うちの座敷でお化粧もし、着物も着たところへ、あたふた親爺さんが来たんです。息子に聞いてびっくりしたんでしょうね。親戚《しんせき》の手前もあるから結婚するなら半月待ってくれというわけなんです。いや待てないというので、泣くやら喚《わめ》くやらなんですよ」

「親爺さんともわけがあったんだろ」

「そりゃそうですよ」

木場の男は首を振って、その父親に同情した。

「よくしゃあしゃあと嫁にゆくものだ。特飲街《なか》の女と変らない」

「男同士が張り合ったから悪いんですよ」

美代子は今では息子と二人で、アパートに所帯をもっているという。

「それほど綺麗《きれい》な子でもなかったがね」

二杯目の酒を飲みながら、男は残念そうな声でそう言った。鈴子はそばで二人の話を聞き洩《もら》すまいとしながら、それでいて内容がよく呑みこめないのだった。

客が帰ってゆくと、徳子は気がついて鈴子の唇に自分の口紅を塗ってやった。白いブラウスに花模様のスカートを穿《は》いた鈴子は、まだ借物のように落着きがなくて、この店の雰囲気に馴染《なじ》まない。

「お客さんとのんびり話してればいいの」

徳子は今にこの娘は綺麗になると思った。

夜が更けると、特飲街へ入る自動車の警笛が橋を渡っていった。鈴子は眠いとは思わないが、客が来るたびに緊張するので、頭の芯《しん》が痺《しび》れるようだった。

若い男が入ってきた。背が高いので頭をかがめて土間へ顔を入れた松久《まつひさ》は、目の前に桜桃のような少女が立って迎えたので、おやという目をした。彼は鈴子の前に掛けて、上目に見ながら、

「焼酎くれないか」

と言った。この店ではビールの客は尠《すくな》いのだ。鈴子は徳子の方をみながら、教えられた通り焼酎を注いだが、馴れないのでどっと入って、受皿からもあふれて卓にこぼれた。

「あっ、もったいない！　早く飲みぃ！」

あわてた松久は受皿に口をつけて、テーブルに流れ出す酒を吸った。鈴子は早く早くと自分も乗り出している。顔を上げた彼は口を尖《とが》らせたまま笑い出した。

「早く飲みい、か、ひどいサーヴィスだな」

「すみませんね、初めてなんですよ」

　徳子は濡《ぬ》れたテーブルを拭いた。鈴子は赤くなって恐縮しながら、

「だっておかあさんが、たっぷり注げって言ったから。お酒飲みは卑しいから、一滴でも多いほうがよろこぶって」

　徳子は客と顔を見合せて、苦笑しながら手で制した。

「一から十まで喋るんじゃないの」

「はい」

　鈴子は椅子に小さくなった。松久は酒を飲みながら、鈴子の名前や、どこから来たかをたずねはじめた。彼の髪は逆立ったように伸びて、たくしたワイシャツの袖《そで》から逞《たくま》しい腕がにゅっと出ているところは労働者風だが、彼の態度はどこか人馴れがしている。彼は前にも一、二度「千草」へ寄ったことがあるが、いつも一杯の焼酎を引っかけると、さっさと立って、その勢で弾みながら橋を渡ってゆくのが常だった。若者らしい精力が四肢に漲《みなぎ》って、その捌口《はけぐち》を求めてまっしぐらに夜の灯の耀《かがや》く淫蕩《いんとう》な街へゆく歩調は猛々《たけだけ》しいばかりだ。そのたのしみのために、彼は働いているようなものだ

った。彼には蘭子《らんこ》という馴染があったが、その時々の興味と刺戟《しげき》が何よりの生甲斐《いきがい》だった。今夜は珍しく彼は急ぎもせずに、二杯目の酒を注いでもらった。鈴子は両手で壜《びん》を持って、注意深くそろそろと滴《たら》していった。

「一滴でも多く注いでくれよ」

彼はおどけた調子で、下から少女を仰いで催促した。鈴子は今度はうまく注げたので、にっこりした。その表情がばかに愛らしいので、彼は妙な気がした。体内の血が騒ぐ代りに、ほっと安らぐのはなぜだろう。

「君、幾歳になったの」

「十六です。あんたは？」

あまりあっさりした訊ね方なので、彼もすらすら答えないわけにはゆかなかった。

「二十四だ」

「なにしているの」

彼は両手でハンドルを握って動かす真似《まね》をした。松久はタクシーの運転手をもう四年もしているのだ。彼の勤める自動車会社のガレージは永代橋の近くにあった。遊んだ帰りに終電車に乗りおくれると、彼は煙草をふかしながら小一時間も歩いて戻るのだが、疲れたと思ったことはない。千葉の漁村で育った彼は健康で、疲れということを知らないのだ。運転手と聞いて、徳子が実《み》いりはどの位あるのかと珍しそうに訊ねはじめた。

「一か月無事故と無欠勤なら、会社から五千円くれるんだけど、これはあまりもらえない。あとは稼いだうちから歩合でもらう」

客の付くのも付かないのも、その日の風まかせの商売だと松久は言った。運転台から片腕を出して、暢気《のんき》そうに街を流している彼を想像すると、徳子は独り者の自由を感じた。負担のない男の表情は伸びやかで、まったく翳《かげ》りがない。男の一生も、この時期だけが花といえるかもしれないのだ。どうせそのうち結婚して、子供がぞろぞろ出来てくたびれてしまうのだろう。生活や男のために苦労をしつづけてきた徳子は、家庭に縛られない人間が羨《うらや》ましくてならない気持だった。

「自動車って、早く走るんでしょ、バスより」

鈴子はまだ一度も自動車に乗ったことがないので、東京の繁華な街を疾駆するスピーディな車や、それを自由に駆使する松久が急に特別なものに思えて瞳を耀かせた。動く車を自分で支配するなんて、小さな英雄のようなものではないかしら。

「いいわねえ、自動車で東京中走れたら、素敵ねえ」

「ふん、今度乗せてやろうか」

松久は鈴子の無垢《むく》な表情をみると、商売だもの、なにが素敵なもんかなどという気にはなれなかった。鈴子のような憧憬《どうけい》にふくらんだ少女を乗せて東京中を走ったら、自分までが新鮮な感覚で都会を捉《とら》え直せそうに思えるのだ。鈴子は足踏みしながら、いつ、いつ、と訊ねた。一度でもタクシーに乗れたら、東京へきた甲斐があるというものだ。

この時、新しい客が女を連れて入ってきた。中年の男で、松久の隣に並んで掛けると、橋の外まで送って出てきた女のために、ビールを抜かせた。女は胸と袖に秋草の模様の浮いた浅黄ちりめんの単衣《ひとえ》を着て、すんなりしていた。彼女は客にぴったりと密着して掛け、手を巻いて自分のコップのビールを男の唇にもってゆきながら、しきりと口説をはじめた。あたりに人なきふるまいだった。男は蕩《とろ》けた蠟《ろう》のようにくなくなしながら、聞いているのかいないのか、何も言わない。鈴子はぱっちりした目で、美しい女の肢体が傾くのをじっと凝視《みつ》めていた。印象が強烈すぎて現実とは思われなかった。目をこすらないと、夢のような気がする。

一本のビールを空けると、男と女はからみ合うように立ち上って、勘定を済ませて出ていった。二人が暗い通りへ歩いてゆくのを、みんな覗いて見送った。十二時になると特飲街の灯は一斉に消えてしまう。あとは闇《やみ》のなかで女たちが蠢《うご》めきながら客を呼ぶ時間だった。橋の上には酔っぱらいがなにかわめいている。男と女の濃厚なシーンが鈴子へ麻薬のような幻覚を与えた。口も利けない。松久は三杯目の酒を徳子に注いでもらった。

「どこの店の女だろ」

「大通りから一番奥の横町に入ると、「スター」って店がありますよ、そこの妓《こ》ですよ」

今の客を送って帰ると、次の客にまた同じことをするのだろうと松久は想像した。厭とは思わない。自分の女も同じことだ。遊んでいる刹那《せつな》がおもしろければいいことはない。彼は酒で濡れた唇を嘗《な》めながら、心も空になった。

「あの妓はあの調子では相当な働き者でしょうね」

「身をひさぐ女は面白い方がいいや」

「身をひさぐって、何ですか」

鈴子が突然たずねた。松久はぎくっとして急に我に還った気持だった。顔をあげて少女をしげしげ仰ぐと、へんに脂《あぶら》ぎった自分が気になった。こういう場所へ何も知らずにきた少女が、すぐさまここの色に染められてゆくのはわけないことだ。彼はそう思って鈴子をみると、なんともいえず可憐《かれん》な気がしてきた。

「この橋を渡ってみな、娼婦がたくさんいるから」

「さっきの人も娼婦ですか、おお厭だ」

鈴子は眉を顰《ひそ》めて、疲れたように卓へ肘《ひじ》をついた。もう十二時をとうに回ったらしい。目まぐるしい一日にぐったりしてしまった鈴子をみると、松久は休みな、と言ってやりたい気がした。肉親に感じる優しさだった。彼は三杯目のコップをあけると、ポケットからくちゃくちゃの札を出して払いをし、鈴子の丸い掌《てのひら》に百円札を載せてやった。彼が外へ出ると、鈴子が急いでついてきた。

「どっちへ帰るの、まだ電車あるかしら」

「歩いて帰るから、いいよ」

彼は橋の袂で立ち止って、煙草に火を点《つ》けた。灯を消した夜の歓楽街はそこにあったが、なんとなく気勢を殺《そ》がれて、橋を渡るきっかけを失った。半分は未練を残しながら、彼は鈴子に送られて電車通りへ歩いていった。鈴子がうしろからさよなら、と言ったが、彼は振返らなかった。

鈴子は徳子に連れられて、生れて初めて美容院へ行った。掘割に沿った路地から小さな木橋を渡ると、釣舟宿があって釣られた沙魚《はぜ》が土間で跳《は》ねている。美容院には川風が入ってきた。鈴子は鏡の前に掛けて、長く垂していた真直ぐな髪を思いきって短く切ってもらった。前の髪だけ額に切りそろえて、うしろも耳のわきあたりで揃《そろ》えると、ずっと洒《し》落《や》れて娘らしくなってみえた。

美容院の女主人は鈴子の切った黒髪を片手にして、良い髪だと惜しがった。

「おばさん、この頃はこういう髪を良いっていうのよ」

隣の鏡の女が、自分のちぢれた赤い髪をわざと引っぱってみせた。黒い髪は洋装には似合わないから、わざわざ染めたりする。以前洲崎遊廓の女たちの大きな髷《まげ》を手がけてきた髪結《かみゆい》の女主人は、徳子に同感を求めた。

「女の髪も、こうなってはねえ」

古い遊廓の伝統が崩れたと同じくらい残念そうだったが、髪をセットしている若い女たちはおかまいなしに、映画を見る相談やスタイルブックの噂をしていた。鈴子の目にはなんの屈託もない、たのしそうな女たちにみえた。どのひともけばけばしい服で、鈴子には高価なものとしか写らない。彼女は田舎の町で、一つ鍋の煮物を食卓に置いてつつき合うような貧しい生活だったし、今も父だけが工場で働いている家へ仕送りをしなければならないのだった。美しい衣装を着るたのしみなど持ちようがないと思う。

「『銀月』の息子が帰ってきたってね」

「へええ、いつ？　やっぱり保釈なの」

「そりゃそうでしょう、なんとかいう罪名があるんだから」

「親殺し未遂」

そんな罪名があるものか、とがやがや言いあった。銀月の主人は好色漢で、手癖が悪くて自分の店に働いている女たちにも見境がない。終《しま》いに息子の嫁と決った女にもあやまちをしたので、息子はかっとなって父親を殺害しようとした。幸い未遂に終ったので刑は軽く済んだのだった。

「帰ってきても、親爺さんが頑張っているだろうに」

徳子は息子も父親もよく知っているから、この事件がこれですっかり片付いたとは思われない。「千草」で働いていた美代子にしても、息子の方と一緒になったが、未《いま》だに親子の間はうまくゆかないという話だった。人間関係にはどうしてこんな血なまぐさい争いが絶えないのかと、徳子はあきれる気持だった。彼女は愛人をこしらえた良人《おっと》と別れて以来、もう男は懲々《こりごり》だった。セットを終えた徳子は鈴子をつれて外へ出た。新しい髪のスタイルが新鮮で、鈴子は見違えたようにみえる。徳子が褒《ほ》めると、鈴子はうれしそうにはにかんだ。

「あそこにいた人たちは娼婦ですか」

「そうよ、特飲街で働いている連中ね」

「ずいぶんお金になるんでしょう」

徳子はそらきたといった様子で、

「身につかないお金がね。鈴ちゃんにはまだ解らないの。あの人たちは身体がもたないから、みんなお金を浪費してしまうのよ」

「そうかしら」

鈴子には納得がゆかなかった。彼女は「千草」へくるお客の使いで特飲街の女を呼び出したり、手紙を届けに行ったこともあったが、そこは考えていたように怖いところではなく、かえってそこの雰囲気がおもしろそうにみえるのだ。鈴子は「千草」へきて七日になったが、自分の髪形がちょっと変るとそれだけで自分の生活も変るような気がしてきて、店に帰ると奥の小さな鏡に幾度も写して眺めた。灯がつくと、自分の掌に百円札を載せて帰っていった運転手の松久は来ないかしらと、待たれる気持だった。松久はあれから一度だけ顔をみせた。まだ夕方前の明るい時間に、亀戸からの客を降したばかりだといって、流しの途中に寄ったのだった。煙草を一本吸うと、彼はすぐ車へ戻っていった。みどり色の国産車はなかなか軽快で、鈴子は走り出した車のあとから追っていった。松久の大きな掌がしっかりとハンドルを握って、その意志で自動車が走っていったと思うと、鈴子はうれしくてならなかった。

「千草」の店は正直なもので若い女がいると、通りすがりの客まで入ってくる。その日のビールはその日に仕込むほどやりくりのたいへんな「千草」は、客がないとしいんとしてしまうが、ぼつぼつ客が入ってくると息がつけるのだった。その晩、月島の工場に勤めている常連の多部がやってきた。陽気な男で彼が入ってくると座は一ぺんに賑《にぎ》やかになる。

「ほお、いつからこんな別嬪《べっぴん》さんがきたのか」

彼は椅子を股《また》の間へ押しこんで掛けて、この迷いこんだ小羊を興味ありげに眺めた。彼は自称二十八歳で、まだ独り者だった。小さな工場に働いているしがない工員のせいか、それとも酒飲みのせいか、まだ妻帯しないでいる。多部は「千草」へ来るたびに徳子へ嫁さんを世話してくれといっていた。そんな彼だからどの女にも惚《ほ》れこみやすくて、美代子をみれば美代子がよくなるが、彼女がいなくなればそれでけろっとしていた。あんたみたいな人は早くお嫁さんをもらって落着きなさい、と徳子は口癖に言った。

鈴子を見た多部は早速熱を上げはじめて、酒の腰を落着けた。酒好きの彼はここまできても特飲街へ入るより、ここで酔う方が多かった。鈴子が焼酎を上手にとくとくと注いで塩豆を出すと、多部は鈴子の初々《ういうい》しい姿をさも物珍しそうに、その艶々《つやつや》した皮膚に触ったりした。

「厭なひと、きらい」

鈴子が飛びのくと、多部はよろこんで手を打った。このあたりの麻痺《まひ》した女たちにはこんな感覚の反応は、見ようとしても見られない。

「「銀月」の事件知っているでしょ、昨年の歳《とし》の暮の……あの息子が出てきたそうですよ」

徳子がこの町のビッグ・ニュースを伝えた。

「あの父親を殺した息子がもう出てきたって。物騒だな」

「殺したんじゃありませんよ、ナイフで切りつけたけど、「銀月」の旦那さんは二十貫もある大男で、船員上りですからね、脇腹《わきばら》に怪我《けが》をしただけで助かったんです」

「その時の女はどうしたろう」

「いられるものですか、どこかへ移って行ったでしょう」

男と女が起す絶え間のない葛藤《かっとう》に、鈴子は目をみはる気持だった。聞くだけでもなにか空恐ろしい心地がする。男女が愛し合うと、必ず妙なことが生じるのだ。それでいて無気味だと感じながらそういう気味悪さに鈴子は触れてみたい気がしないでもなかった。怖いけれど、なにか胸のわくわくする歓びが秘められているように思えるのである。その秘密が橋の向うの歓楽郷にあるというのは鈴子の心を惹《ひ》いた。美しい化粧と装いで異性の心を自由に出来るという予想は、彼女の素直で柔軟な胸にときめきを与えるのだ。

焼酎を何杯も飲んで酔ってきた多部は、酔った特権でますます露骨に鈴子をからかったが、彼女は馴れてくると自分もふざけて面白がったりした。こんな無邪気なことをいっていても、今に忽《たちま》ち男を悩ます女になってしまうのだろう、と多部は鈴子を嘗めるように眺めた。

「女は魔性だからな。鈴ちゃんも今だけが泥沼の蓮《はす》の花ってわけだろ」

「泥沼の花って、なあに」

鈴子は涼しい顔をしていた。

すっかり酔ってしまった多部は、勘定する段になると半分しかお金の持ち合せがなかった。アパートへゆけば金はあると多部は言いわけをはじめた。貸しにすると滅多に貰《もら》えないので、どうしても取り立てをしなければならない。多部のアパートは不動様の近くだということだし、徳子は鈴子をつけてやろうかと思ったが、ふと考え直した。来るたびに嫁の世話をしろしろという多部のことだから、一度彼のアパートの生活を見ておくのも悪くないと思った。徳子は酔ってひょろひょろした多部を押し出すようにして、外へ出ていった。

鈴子が一人で店番をしていると、十時を過ぎてからやっと松久が入ってきた。彼が頭から先に潜るような姿勢で無造作に入ってくるのをみると、鈴子は我にもなく卓の向うから走り出してきて、松久の腕に飛びついた。彼女が何か嬉しそうに言いたてると、その子供らしい高い声のよろこびと、腕にまつわる女の柔らかい弾力とで、松久は柄になく上ってしまった。彼はきまりの悪い、照れた表情で徳子が現われるのを待ったが、彼女が留守だと知ると、やっとほっとして鈴子に親しい目を向けた。女を見るとき、こんな優しい目をしたことは彼にはなかった。鈴子は自分もその視線に合せてにっこりしながら、彼のために何も言われない先からコップにいつもの酒を注ぐのだった。そういう場馴れのしてきた態度を、松久はなぜか厭だなと思った。

「いつ自動車に乗せてくれるの」

「いつでもというわけにゆかないさ、いつか乗せてやるよ」

彼はお座なりではなしにそう言った。いつか車を借りて鈴子を東京中見物させてみたいし、いつだったか客のドライヴで行った箱根にも連れていってやりたいと思った。鈴子の心にドライヴがどんなに愉《たの》しく、心を弾ませることだろうと思う。彼はそのとき、その箱根の宿の自分と鈴子を先に連想しない自分におやっと思った。女をそういう対象以外に考えはじめた自分に松久はおどろいて、鈴子の娘らしくも、少女らしくもみえる顔をじっと窺《うかが》う気持だった。

「いつかなんて厭よ、早く乗せてよ」

鈴子は甘えた声でせがんだ。

「私、一度でいいから乗りたいわ。自動車に乗って宮城と浅草へ行ってみたい。うちのお母さん、一生に一度は宮城が拝みたいんだって。私うんと働いて、いまに呼んでやりたいわ」

ふうん、と松久は酒を飲んだ。

「姉妹は幾人だい」

「ぞろぞろいるわ。貧乏人の子だくさん」

鈴子は恥かしいのか、幾人とも言わなかった。貧乏だが両親や弟妹の揃っている彼女をみていると、松久は健康な感じがして、いつもと酒の味が違うのだった。鈴子は彼には気を許したのどかな表情になっていた。

「私ねえ、どうせ東京へきたのだから、良い着物も着たいし、お金もほしいわ。特飲街へゆけばすぐお金を貸してくれるって、ほんと？」

鈴子は松久の顔が険しく変ったので、唇を半開きにしたまま首をかしげた。彼女はそこへゆく決心をしたわけではなかったが、そこへゆけば松久もついてきてくれるような気が漠然《ばくぜん》としたのだった。大勢の女がいるところへ自分が入ってゆくのに、難しい抵抗はなかった。それでも実際には、よくないことだ、堕落の場所だということは感じていた。鈴子は今にも松久が大きな声で呶鳴《どな》るのかと思ったが、彼は不機嫌に黙って鈴子から目をそらしてしまった。鈴子はおろおろしながら、とんだことを言ってしまったと後悔した。彼女は固くなって言った。

「今の、嘘《うそ》です」

「あんなとこ、行っちゃいけないところだけどな」

松久は自分がなんでそんな学者みたいなことを言ったのか解らない。あれほど自分の血を湧《わ》かすところを、と奇妙な気がした。気まずい、白けた気分が二人をつつんだ。その時いい塩梅《あんばい》に徳子が帰ってきた。彼女は店に入ってくると、せかせかと台所へいって水を飲んで戻ってきた。鈴子は救われたように、多部の勘定はどうだったかと訊ねた。

「お金はもらってきましたがね」

徳子は椅子に掛けて一息入れると、ほっとなって二人を相手に喋り出した。

「多部さんてよく来るお客さんで、良い人なんですよ。お嫁さんを世話してくれといつも言ってる人でね。今日はお勘定を頂く用があるものですから、こんな折にアパートでも見ておこうと思って、付いて行ったんですがね。驚きました、そのアパートのひどいのなんのって、焼ビルの二階を勝手に改造して雨露を凌《しの》いでいるだけの代物《しろもの》ですよ。それはまだいいとして、どうでしょう、部屋に入ってみたらがらあんとして、有る物といったら蚊帳《かや》とリュックサックだけなんです。いくらなにもない男独りの所帯といっても、これではお嫁の来手はありませんよ。ほんとに、もう少しで鈴ちゃんをよこそうかと思ったんですが、良かったと思いました。若い娘だったら転ばされるとこでした」

「転ばすって、なんです」

鈴子は真顔で訊ねた。

「なんでも聞くひとだね」

徳子は苦笑しながら、多部もさすがに酔いがさめてきて、きまり悪そうにこそこそ金を渡してくれたと語った。松久はその男と自分とあまり代り映えがしない、と頭を掻《か》いた。

店の前を通りかかった若い女が、松久の声を聞いてすっと入ってきた。黒と赤と白のあらい縞《しま》の服を着て、豊かな胸をのぞかせた豊満な女だった。松久は振向いて、驚いたらしい。蘭子だった。

「あとで寄ってゆくでしょ」

蘭子は馴々《なれなれ》しく彼の肩に手をかけて揺すった。松久はあわてた面持でああと言った。彼女の連れらしい男があとから顔を入れた。

「「銀月」の若旦那さんじゃありませんか」

徳子は少し面変《おもがわ》りした男を確かめるように覗いた。男は監獄痩《や》せのした蒼白い頰を歪《ゆが》めて、目で挨拶《あいさつ》した。

「どうぞお掛けなすって」

徳子は二つのコップを卓に並べてビールを抜いた。父親に刃向った彼は、この土地の人の同情を集めたが、それは好色の父親が健在のせいかもしれないのだ。しかしこうしてみると監獄帰りという極印《ごくいん》はやっぱり無気味だった。蘭子は「銀月」に出ている妓なので、仕方なしに彼についてきたらしく、少しも親切心のないよそよそしい態度だった。彼女は松久が今夜の客になることを期待しているらしく彼の方へ秋波をよこした。もし連れがいなかったら彼女は松久を羽交《はがい》じめにして、あたり憚《はば》からないふるまいをしたに相違なかった。鈴子はそういう女の出現に頭がくらくらしてきた。彼女は敵意の籠《こも》った目で蘭子を見て、松久の心を引戻すために彼の腕を引っぱった。蘭子はへえ、とあきれて、冷たい目でみながら煙草を吹かしはじめた。

「銀月」の息子は二言三言徳子と喋った。

「景気はどうです」

「駄目ですね」

「ここらはさびれるばかりだなあ」

彼はもう灯を消した橋の前の暗い大通りをじっと見ていた。落魄者《らくはくしゃ》の匂いが徳子の胸にしみてきた。彼はもうこの土地へは戻らないのかもしれない。蘭子が促したので彼は立ち上って払いをしようとしたが、徳子は受取らなかった。その間に蘭子は松久の背中へ寄ってきて、松久の頸《くび》へ手をまわして、わざと鈴子の目の前で顔を男にすりよせながら愛撫《あいぶ》した。松久はその女の体臭と感触につつまれると、ゆめを呼びさまされて、女の顔に熱っぽいサインを送った。

外に出てゆく「銀月」の息子に、徳子はどこへ行くのかと訊ねた。

「親爺の女の家がそのへんにあるんでね、そこへ案内してもらうとこです」

彼が出てゆくあとから蘭子もさっと出ていった。二人が消えると、松久は急にそわそわしてきて酒を終りにした。彼が「千草」を出て橋の方へ歩き出すと、鈴子が追ってきた。松久はうるさそうに振返った。

「帰れよ」

鈴子は橋の上までついてきて、いつもと違う冷たい松久を感じると泣き出しながら、彼に飛びついた。不意だったので松久はよろけてしまった。彼は鈴子に泣かれたので途方にくれながら、何か言ってなだめたが、彼女は一層泣いてしがみついた。彼はのしかかってくる娘の締った弾力のある身体や、触れてくる髪や、柔らかい清純な頬の匂いに圧倒された。

次の晩鈴子は呼び出されて、何気なく店の外に出た。肥った口紅の濃い女が手招きするので寄ってゆくと、どこかの陰にいたもう一人の女と両方から挟まれた。見ると一人は蘭子だった。鈴子はぞっとして、全身の血が退《ひ》いていった。片側は運河を背にして小さな飲み屋が並んでいたが、もう一方はしもたやで、もう灯を消している夜更けのせいか橋の横手の大通りは暗くてさびしかった。二人の女は両側から鈴子の腕をしっかり摑んで、有無をいわさず歩いていった。鈴子は怯《おび》えて、おそろしい予感のために倒れそうになった。声も出ない。

小さな木橋の渡された低い川の流れる横手の土手は、電車の音がするほど大通りに近いのに暗い闇だった。鈴子はそこに立たされて何か蘭子に言われたが、何一つ耳に入らなかった。鈴子は激しく頰を殴られて、次に蹴倒《けたお》された。

「なにするのっ！」

鈴子は殺されると思うと、猛然となって女の一人にむしゃぶりついていった。うしろから絡みつかれて引戻された。激しい抵抗をしたが、鈴子は転ばされて土手を滑りおちた。水の中で彼女はばたばた踠《もが》いた。川は引潮のあとなのか、浅くて流れもゆるい。彼女はようやく土手に這《は》い上ることができた。全身ずぶ濡れの身体に疼痛《とうつう》が走った。人一人いない土手に両手をついて鈴子は歯ぎしりして泣き咽《むせ》んだ。

「ばか、ばか、畜生、娼婦、誰が負けるものか」

鈴子はもう昨日までの少女ではなかった。

洲崎の女

あはれ　おもひいづるは洲崎の海
かれはみやこになにをするらむ。

犀星

隅田川が佃島《つくだじま》のわきをぬって、海に流れてゆくあたりの干潟《ひがた》が埋立地になったのは、いつのことだろう。この一帯の街筋には工場街もあれば木場もあって、昔はかなり繁栄した下町らしいが、戦災で壊滅したまま忘れられたのか今は場末の町をゆくようなさびれかたである。風が吹くと下町特有の砂埃が庇《ひさし》の低い家々にざらざらと舞いこんでくる。私は同じ東京の下町に育ちながら、この界隈《かいわい》へくるのは初めてのことだった。木場があるせいか町はどこも川がめぐっていて、運河には通路のための細い橋が渡されている。この土地の外《はず》れに、運河で囲われてうしろは広い海につづく陸《おか》があった。以前は陸全体が遊廓《ゆうかく》街であったそうだが、戦災のあとは半分がバラック建の住宅に変《へん》貌《ぼう》して、残る半分がささやかな特飲街を形成している。

この特飲街のなかにある「花菱」という店の経営者菱田常子《ひしだつねこ》は、私の女学校時代のクラスメートである。私は彼女とは特に親しくしたことはなかったけれど、それでも彼女の生家が特殊な商売の家だということは早くから知っていた。私の学校は公立であったために、どんな職業の家庭の子女でも学生としての資格を失うことはなかったが、それでも公娼《こうしょう》とか私娼とかいう商売の女たちを置く家は差支えたに違いない。彼女も別の生業の家に寄宿しているかたちをとった。私たちの学校には有志からなったバイブルクラスがあって、一週間に一度集って礼拝をしたが、私も菱田常子もそのバイブルクラスで一緒になった。彼女は無口で地味な、目立たない女学生で、そのころから小肥りしていて運動が苦手らしかった。祈禱《きとう》が自分の番になると私たちはきまりきったことしか祈らなかったが、彼女のお祈りは苦渋にみちていて、懸命な声音をふりしぼって神に感謝をささげるので、私たちはげっそりしてしまうのだった。

「誰にも言えなかったので、長い間どれだけ苦しんだかわからないわ」

常子は未《いま》だに自分の家のなりわいをひたかくしにしていた。恐らく彼女が入学して一学期もたたないうちにクラスの全部が知ってしまっていた秘密のために、彼女は半生を悩んできたことになった。その救いを感じやすい少女らしく宗教に求めた時期もあったわけだ。彼女は結婚した時を最後にこの商売を離れて、平凡な会社員の妻になったのだが、今ではまた彼女の一番きらっていた街へ戻って、自身が帳場へ座っているのである。生きてゆくためにはそうしなくてはならなくて、二人の子供を抱えた戦争未亡人の彼女は、老母の店へ舞い戻ったのだった。しかし私のみたところ、常子は「花菱」のマダムとして充分な貫禄《かんろく》と手腕を備えていた。老母の代よりも女たちは多くなっていたし、彼女には人を使うための寛容と支配力とがあって、十八貫の座りのよい体軀《たいく》と、心易い人柄が客に親しさを与えるのだった。

時に私がふらりとたずねてゆくと、常子は快く迎えてくれた。そのころ私は仕事もうまくゆかず、家にも落着けなくて、あてどない気持になっていた。すると自然に常子のところへ足が向いていて、女には意味のないこの町にぼんやりまぎれていると、気が変ってよかった。常子はこちらがなにも言わなければ、せんさくすることのない女だった。

ある日もそろそろ日暮にかかる時刻にこの街を訪ねると、どの店も掃除がすんだまま、まだがらんとしていたが、常子は自分の店先へ盛塩をしてその余りの塩をなにか奇妙な鳴きかたをしながら店のまわりへ撒《ま》いていた。私をみると顔を赤らめて、「いらっしゃい」と迎えた。彼女も私にだけは気楽になるらしく、ありのままの女主人の座で私のためにあれこれもてなしてくれたが、それはラムネであったり、大きくてざらついたアイスクリームであったり、カルメ焼きであったりした。それはみなこの特飲街の中の駄菓子屋から購《あがな》われてくる代物《しろもの》だった。

この店も例外に洩《も》れずタイル張の安っぽい店付で、女主人の部屋は上ってすぐの中廊下の向いの位置にあった。次の間の窓からは洲崎の海がみえたが、そこには顔色の悪い若い女がいつも座って縫物をしていた。私はこの女《ひと》が物を言ったのを聞いたことがない。中廊下のわきに娼婦たちのたまり部屋があった。女たちはいつも四、五人から六、七人いて、若いのは十六、七から二十七、八までが多かった。登代《とよ》という中年の娼婦を私が初めて見たのは仄暗《ほのぐら》い階段のところだったが、そのせいか私はハッと息を詰めた。痩せた女がだらりと両手を垂して物憂そうに階段を降りてきたのだ。そそけた顔に白粉《おしろい》がどす黒くういて、荒れつくした顔というのはこんなのをいうのだろうか。額にも目尻《めじり》にも目立って小皺《こじわ》があった。着物がまた悪かった。桃色地に花模様の人絹まがいのぴらぴらした代物で、これでは顔の老けを一段と際立せているようなものだし、彼女の目は心の据《すわ》りが悪いのか、たえずきょときょとしていた。

「おかあさん、出てきます」

登代は店先から草履《ぞうり》を引きずって出ていった。私のおどろいた顔をみて、常子は苦く笑った。

「あれではお客もつかないわ。いっそ客引きの小母《おば》さんにしようかと思うけど、あれで御本人はお客を取っていたいのね。ああいう売れないのは、すぐいなくなるんです。どこかへ住みかえるために流れてゆくのね。借金を踏み倒して……」

ふたりは夕暮の町へふらっと出ていった登代のあとを見送った。登代の歩き方は右と左がだるそうにぐらぐらとゆれる、どこか中心のない、危っかしい歩き方で、私にはどうしても尋常なさまにはみえなかった。私たちよりもまだ幾つか年上の女が、媚《こび》を売る商売に身を晒《さら》していると思うと、言い難い嫌悪が妙に腹立たしく私を捉《とら》えた。私は不機嫌に登代の後姿を見送り、女はいやねえと呟《つぶや》いた。常子はしかしなにも言わずに新しい茶を私に淹《い》れてくれるのだ。彼女は行きずりの、好奇心だけで眺めている私を所詮《しょせん》はよそ者だと聞き流しているのかもしれなかった。

「女はいやねえ」という、そのやりきれない実感のなかから逃れられずに、今日まで座り続けてきた常子が、神に祈って苦渋の涙を流した日もあったのを私は思い出した。

するといま黙って茶を注いでいる彼女に、浅はかであったという気持でしゅんとなった。私は一ときぼんやりと登代の消えた町を見送って暗い思いに充《みた》された。こうして私が登代を見たのは、しかしこの日限りのことになった。

登代の歩いてゆく特飲街の橋の外に小さな酒の店が並んでいる。そのあたりには釣舟宿もみえる。少しゆくと木場に出た。材木の町も不景気なのかひっそりして、河には材木の筏《いかだ》が浮んでいるきりだった。登代は河岸っぷちを歩いて、自転車ですれ違った男に、

「小母さん、危いよ」

と声をかけられたので、顔をあげた。一歩過《あや》まれば河に落ちるという意識は登代には稀薄《きはく》だが、おばさんと呼ばれると険しい顔で振向いた。派手な借着をして若づくりだが、夜の灯の下でなければごまかせない。登代は河岸を入った郵便局の扉を押したが、びくとも動かないので腹立たしそうに持った手紙を睨《にら》んで、切手を貼《は》らずにポストへ落した。特飲街の女たちは店明けには三々五々洲崎神社へ縁起のお詣《まい》りをする。登代はお詣りにまわってぶらぶら戻ってきた。彼女は三月《みつき》前から洲崎にきていたが、

ひどい不景気でどうにも勤まらないし、若い朋輩と並んで客を引くのがいやで、さっさと店へ帰る気にもなれない。特飲街の入口の橋の袂はボートが四、五艘《そう》浮いている。上潮なのかコンクリートで築いた堤防の八分目まで水がきて、地形の方が低い。ボート屋の男の子が客の降りたボートを杭《くい》に繫《つな》いでいる。この掘割をまわって漕《こ》ぎ出ると東京湾までざっと一時間で出られる。沖釣や夏は汐干《しおひ》狩《がり》にも人が出てゆく。

「にいちゃあん」

甲高《かんだか》い声がした。ボート屋の男の子はちょっと振返った。橋の袂の石段を駆け下りてくるのは、向いの雑貨屋の四歳になる男児で、小児麻痺《まひ》のために脚《あし》が悪い。片肩をはげしく落しながら、嬉《うれ》しそうに足許《あしもと》もみない。ボート屋の少年は危いよっと言いながら、急いでボートを縛りつけた。小さな艀《はしけ》からはどのボートも一跨《ひとまた》ぎだった。水音がした。振返った少年の前から四歳の児は忽然《こつぜん》と姿を消した。一艘先のボートの端に手が見えた。彼はあっ、あっと転げるようにボートを渡って、その手を摑《つか》もうとした。登代は橋の上から、小さな子供の手が夕暮の川面《かわも》から消えるのを見た。たった今、うれしそうに全身を転ばして駆けていった子供は、登代の産んだ満夫《みつお》の姿にそっくりだった。喉《のど》の奥をしぼるような絶叫が橋の上にしたと同時に、ボート屋の男の子は悲鳴をあげて助けを求めた。橋の向うの交番から巡査が走ってくる。ボート屋から人がとびだす。雑貨屋の主人は狂気のように石段を跳《と》び、上着を脱ぐなり、子供の名をよんで水に飛びこんだ。河幅は十二、三メートルしかない。みるまに橋の上は鈴なりの人になった。

暮色が垂れこめてきた。提灯《ちょうちん》をつけた舟が狭い河に右往左往した。警防団が繰りだしてきた。堤防のコンクリート塀《べい》の上にサーチライトが取りつけられて、川面は真昼の明るさになった。落ちた者は必ず一度は浮んでくる。たいていそこを助け出すのだが、落ちた子供は一度も水面に浮いてこなかった。溺死《できし》者《しゃ》は落ちた場所から十メートルとは離れないという。その囲みのなかの水底を掻きまわす棒や網で水は濁り果てた。緊迫した捜査に拘《かかわ》らず死体は上ってこなかった。橋の上に折りかさなって覗いている群集は、巡査に追われても去らなかった。深刻な表情で囁《ささや》いたり、根拠のない意見を述べたりしている。

「上ったぞォ！」

ゆらめく艀の下から、泥まみれの物体が掬《すく》い上げられると、群集はどよめいた。子供の母親が泣き叫んでいる。いつか橋の上を飾る歓楽郷のネオンが赤く灯《とも》った。自動車が橋の真中を徐行して通ってゆく。登代は自分がどうして橋の欄干《らんかん》を離れたのか解らない。物見高く集った人の間をかきわけてふらふらと歩いていった。誰か知らない男が彼女を抱えて送ってきていた。日没すぎてもいつもがらんとした大通りが、なんとなくざわめいている。登代は真蒼《まつさお》になって大通りの外れの横町を曲った自分の店まで辿《たど》りつくと、店の中のソファに倒れこんだ。泥まみれの物体にしがみついた親の顔が自分になり、この両腕に変り果てた我が子を抱いたのだった。ああもう満夫は死んでしまった。

店にいた若い洋装の女がびっくりして女主人を呼んだ。登代を抱えて連れてきた男はみすぼらしい身装《みな》りの職人とも労働者ともつかない男で、鳥打をかぶり、うすい色眼鏡をかけていた。身体は筋肉質で、むっつりした顔はくらくて、とりつく島もない感じだった。若い妓《こ》は「登代さん、登代さん」と乱暴に肩をゆすったが、登代がぼんやり起直ると、若い女はもう男の腕の方へ手をかけて、帰さない算段をしている。奥から出てきた常子は男に向って、お礼に一杯飲んでゆけとすすめた。

「要らない」

男はにべもなく言ったが、登代の放心した顔をみると、医者が病人を験《ため》すようにじろじろと眺めた。登代は目を宙にして、両手をだらりと膝に落したまま、なにかぶつぶつ独語している。

「え、子供がどうしたって？　ああ河に落ちた子のことか」

登代は顔をあげて初めて男を仰いだが、ほとんど本能的な商売女の仕種《しぐさ》で、襟《えり》をつくろいながら流眄《ながしめ》した。蒼い顔の老けた女の媚《こ》びた表情は男をぞっとさせたらしい。彼は後ろに身を引いた。往来をゆく男たちが今夜の椿事《ちんじ》の噂を声高にしながら通った。登代はふらっと立っていって、呼びとめた。

「河に落ちた子は、死んだんですねえ」

「あたりまえさ、二時間近くも浸《つか》ってたんだから」

「あの子は一度も浮ばなかったんですよ。落ちたきり、神隠しにあったように、どこからも浮いてこないの。可哀《かわい》そうに、あっとも言わなかった」

「ああいうのはショック死で、河に落ちた瞬間心臓麻痺を起すらしいや。あの子も水は全然飲んでいなかったというから、案外楽に死んだんだろ」

「親が可哀そうだったな。女親は病気で寝ていたらしいが、ボート屋の窓から子供の名を呼びつづけるし、男親は気が狂ったみたいに河底を浚《さら》っているし」

「どうしてまた、そんな小さな子を危い場所へやったのかしら」

常子も口を挟んだ。

「だってあの子はうれしかったんですよ。あたし見てたもの」

登代はふいにぽろぽろ涙をこぼした。その涙を拭きもせず、肩をすぼめて嗚咽《おえつ》した。店の者は馴れているのか素気なくて、相手にもならない。往来の人が行きすぎてしまうと、店に立っていた鳥打の男は煙草に火をつけて吸いながら、常子に玉《ぎよく》の交渉をはじめた。彼が登代の客になると解ると、誰よりも登代自身がおどろいたらしい。彼女は濡れた顔のままうさんくさそうに男をみた。彼はかまわずにみすぼらしい靴を脱いだ。登代は急にそわそわして身体をすりよせていった。二階はアパートの造作に似て、両側に同じような部屋が並んでいる。彼女の部屋は店の裏側で、調度一つない殺風景な小部屋だった。壁にはやたらと古ぼけた映画スターの写真が貼《は》りついている。窓を開けると材木の浮いた河が月明りにみえ、心なしか潮の香がした。彼は窓からの夜景を一とき眺めた。ふりかえると登代が足許に座って、彼をたしかめていた。彼女はしゃがれ声で囁いた。

「お客さんは物好きだね。どうしてあたしにつけてくれたの」

登代は店あけから客のついたためしはない。夜更けの暗闇でうまく摑まえるか、客引にあてがわれた客しかなかった。

「子供が河へ落ちたからさ」

彼が寝ころんで、その子供を知っていたのかと訊ねた。すると登代はなんだか知っているような気がしてきた。

「可愛い坊やでね。足が悪いのに、生きているのがうれしくてたまらないような恰好《かっこう》で、ぴょんぴょん石段を駆け降りるのを見たんです。男の子っていいわね、あんな子をみると抱きしめたくなる。ぷりぷりした頰《ほっ》ぺたが冷たくて、しょっぱいもんですよ。その子は落ちたとき、こう手をもがくように水面に出していたんです。小さい手が身体より三秒位あとに残っていた……」

その手が妙に生々しく目に残る。

「可哀そうに泥まみれになって死骸《しがい》が上ったんですね。ついさっきまで跳ねて石段を降りた子供がさあ」

登代は怯《おび》えた表情になった。

「お客さん、私は罪になりゃしませんかねえ」

「罪に、なんの罪だね」

「見てたからですよ。見ていて助けられなかったからですよ」

　男は登代の顔をまじまじと見て、案外やさしく慰めた。

「罪になんかならないよ。よっぽど君は気が小さいな」

「もしかしたら、私はあの子を押さなかったかしら。押して落せば罪になるでしょう」

　登代は自分の行為に自信がもてなくなっていた。彼女は自分の神経が時々ぼやけて夢遊病者になるのを知っている。子供が落ちて死ねば悲しいが、子供を突き落さなかったとは言いきれない。もし落していたらどうしよう。彼女は不安な眼差《まなざし》で男を仰いだ。いかにも血のめぐりの悪そうな一瞬の表情があどけなくみえた。

「君にも男の子があったのか」

　登代は別に隠し立てもしなかった。

「いたけど、でも死んじゃった。一人っ子で満夫っていいました。どこへゆくにも私から離れない子でしたがねえ、戦争が悪かったんでしょう。もう目茶苦茶でございますわ」

終りはラジオで聞き覚えの調子で言った。派手な着物のせいか化物じみた老けかただが、老けてみえるほど実際の年齢は老けていないのかもしれない。それにしても彼より五つか六つは年上だろう。彼女は座った場所から物ぐさな四這《よつば》いで、押入をあけて紙袋をとりだした。四這いの姿態には女らしいなまめいた線が出た。紙袋の口をこちらにつきつけて、食べろとすすめながら登代は男の名を聞いた。

「野木《のぎ》、乃木《のぎ》大将の乃木とはちがう」

「名前は」

「謙吉《けんきち》。次は商売か」

登代は臆面《おくめん》もなく客の顔をみつめて、子供のような声を発した。

「お客さん、目が悪いね、義眼じゃない」

野木は不意を衝《つ》かれて怯《ひる》んだ。彼の色眼鏡の奥の片方の眼球は動かなかったし、その目尻《めじり》にやけどの引きつれがあった。

「よく出来てるわ。この位近くに来なければ解らない。でも片方の目で見られていると思うと気が楽だわ」

「片っ方でも皺はみえるよ」

「皺なんてない、面《つら》の皮がよっているだけよ、あんた」

登代は喉の奥でけたたましく笑った。今しがた怯えて蒼くなっていた女とは思えない。野木はまだ自分の義眼をこんなにあけすけに聞かれたことはなかった。大抵の女は見て見ないふりをしているものだ。しかし片方の目で見られていると思うと気楽だと言った女の率直さが、彼の気を楽にした。

「子供は病気で死んだのか」

「いいえ、空襲の晩なのよ」

登代はこの客のそばにいるとなんの遠慮も要らない気がして、すらすらと喋った。

彼女は空襲のあった昭和二十年の五月の晩、千葉に住んでいた。大きな編隊の爆撃は夜半からはじまって熾烈《しれつ》を極め、全市は火の海になった。空は真紅の火柱が届くほどだった。高射砲が轟《とどろ》き、焼夷弾《しょういだん》が炸裂《さくれつ》し、この世ながらの地獄だった。避難者は火炎の中を逃げ迷ったが、登代は逃げ場を失って七歳の子供と海に入った。遠浅の海はひたひた潮がきていて、火を逃れた人があとからあとから入ってくる。B29の轟音《ごうおん》は耳を聾《ろう》するほど低空した。彼女は子供を背負ってじゃぶじゃぶと水を掻きのけながら懸命に逃げた。海岸からようやく這上って松林へ隠れこむと、子供を抱いて倒れた。次の日はまた子供を背負って線路伝いに出て、焼け野原になった街から電車の出るところまで蹌踉《そうろう》と歩いた。

「いつから子供が熱を出したのか、解らなかった。気がつくと子供がへんなんです。それでも夢中だったから、東京まで連れてきたんですがね、いけませんでした。あの生き地獄は子供にだって強《きつ》すぎましたよ。怯えて、息の根が止ったんでしょう。あれから当分の間あたしも馬鹿みたいになったんですよ。なんでもないことに身体がおこりのように慄《ふる》えて、頭が痛くなるんです」

登代は自分の顳顬《こめかみ》を拳固《げんこ》で叩いた。その時から十年経《た》っても深い個所にショックが残って、遂にはこんなように生きる道を辿《たど》るはめになったのだと、彼女は語っているつもりかもしれなかった。彼女の良人《おっと》は戦死したというから、どの道女の堕《お》ちてゆく経路はきまっていると野木は思った。この女も自分と同じように独りらしいと彼はみた。良人も子供も失って、これという意志もなしにずるずるこんな生活に堕ちてしまったのではないか。そうだとしても彼女が一人きりだということは、あながち不幸とはいえないと野木は思う。一人で生きるということは自分で自分に結ばれることだ。そこには自分だけが在《あ》る。自分だけが在るということはたいへん自由なことではなかろうか。自分の外のものから支配されないためには、自分を外へ向けてはならないのだ。それさえ守ればよい。誰もが自分の生活の自由を侵蝕《しんしょく》してこないために、野木は世間ともかかわりたくないと思っている。独りだということは魂の軽くなるような解放感をもっている。働きたくなければ彼は寝ている。明日の食事にこと欠くことすら、自分の自由であろう。野木はいつも結ばれた女とそのめぐりあいをたのしんであそぶのだが、二度と同じ女のところへはゆかなかった。女たちは三度目には身の上話をはじめて、自分と男との間に楔《くさび》を打とうとする。女は相手にまかすことで仮託の中に拠点を掴もうとするらしい。そこからまた無限のおぞましい人間関係の深淵《しんえん》が始まるのに。

野木は少しも男にポーズをつけないであけっぱなしに話している登代の愚直さに、気が休まった。どんな女も運命をもっている。生きてきた歴史が貧しければ貧しいほど、彼女は人間らしいのかもしれない。老けて醜くなった顔もしばらく見ているとだんだん気にならなくなるし、この女のまっとうでもない頭脳も、傷ついた過去の負うべき責任で彼女の知ったことではないのかもしれない。来る日も来る日も淫靡《いんび》な道具として男の欲望にこたえることで、いつか自分でも自身を道具のように思いこみ、なんとも思わなくなっているのであろう。捨鉢かもしれないが、もうこの年齢になってみれば浮ぶ瀬を望んだところでそれほど今と代り映えもしないにちがいない。一体人間と人間が、親子も、師弟も、友人も、もう少し淡白な関係で生きられたら、肉親も他人も等しなみなつながりになるのではないかと野木は考えるのだ。そうなったなら人間はお互いにもっと自由で、そして誰にでも愛情を向け合えるのではなかろうか。そうなると楽だ。この女に客がつかなければ自分がついてやる、彼女が不安そうにしていれば立ち止って慰めてやる。次の日にはまた別の男がそうしてやればよい。彼がふとみると、女もまた淡々とした習慣的な動作で、男を迎えるための支度をしていた。

特飲街の橋の際に、小さな飲み屋が並んでいる。真昼どきはひっそりかんとして、店を開けているうちもない。

登代は呼出しがあって、まだ寝起きだったがすぐやってきた。若い男が彼女に会いにきて、おでんやに待っているということだった。この間の男しか彼女は思い当らなかった。妙な男で、いつまでも彼女に喋らせて、うんでもすんでもなく寝転んでいたが、こうしたところへくる男のがつがつした卑しさがなくて、登代はいつになく気楽なたのしさを味わった。こんな自然な気易さで客に接したことは絶えてないのだ。いつも若い女にみせかけて気張っていなければならないし、それでも大方は見破られてしまって朋輩からも軽んじられ、客引がまわしてくれる客だけをあてがわれている有様だった。夜半の十二時をまわって特飲街の灯が一斉に消えてから、売れ残った女たちが店先に蠢《うご》めいて、通る客を見境もなく引止める、その闇の時だけ登代はがむしゃらになって客に喰いついた。生きるか死ぬかの生存の場では、どこからそんな声が出るかと思われる気恥かしい甘ったるさもものかはである。しろといえば逆立ちもやりかねない。たまに若い男がベテランを名差して上ることもあったが、そういう者に限って二度とは来ない。登代は客にあぶれるとぶつぶつと呪詛《じゆそ》の独語で鬼の面になった。

この調子だとまた住みかえなければならないだろう。登代はどこでもいい、ただ少しばかりのびのびとして頭を休める場所がほしかった。この間の男ならば自分をそっと置いてくれるほどの度量があるように思う。彼女は男にこの次はおそい時間にきて泊りにしてくれと言った。その方が客にとって安上りだし、こちらも助かる。しかし来るかどうかはわからない。彼女は使いにきた子供と並んで橋を渡り、勢込んでおでんやの店へ顔から入っていった。狭い店に取りつけた台に向って掛けているのは十六、七の少年だけだった。登代は当てが外れた面持でその場に突立ったが、突然ああと声になった。一人息子の満夫だった。しばらく見ないまに見違えるほど背丈が伸びて、髪の毛を伸しているせいか外見はいっぱしの若者にみえた。詰襟《つめえり》の粗末な服を着た彼は振返って、母親の顔を一瞥《いちべつ》した。まだ稚《おさ》なさの残った顔は案外落着いた表情だった。

「満夫じゃないか、大きくなったねえ」

登代はしゃがれた声でよっていって、いきなり肩を抱えた。満夫はおどろいて乱暴に肩を外した。羞恥《しゅうち》とも当惑とも嫌悪ともつかない混乱で、彼の土くさい顔は赤くなった。その不機嫌にむっとした顔は、登代に彼の父親を思い出させた。

「名前をいわないから誰かと思った。いつ出てきたの。手紙見た？　しらせてよこせば上野まで行ったのに」

「あの手紙、切手がなかった。不足分をとられた」

満夫はなじる口調で、低く言った。登代はそんなことは覚えていない。彼女は椅子にかけると、奥に向ってビールを頼んだ。それから背丈は何寸あるかとか、工場はおもしろいかとか、脈絡もなくたずねはじめた。満夫はうとましい思いを顔に現わして、ろくな返事もしない。このそっけなさも、子供の父にそっくりのものだが、登代は久しぶりに会ったよろこびで気にもかからなかった。彼女が満夫に会うのは五年ぶり位だった。親子が一緒に暮したのは空襲の時までである。それまでは登代がこの子を育てたのだ。

登代は腺病質《せんびょうしつ》で、本当なら子供の生める身体ではなかった。女学生の時、かかりつけの医者が二十歳までもつまいと言ったのを、ふと聞いてしまった。それからは毎朝飲むブルトーゼも彼女は飲まなくなった。学業も怠ってしまい、少し運動の時間に走って心臓が動悸《どうき》を打つと、もう死ぬような気がして真蒼になった。よく貧血を起した。目がさめてからもしばらくはぼんやり虚空《こくう》をみている。そのうちあたりがはっきりしてきて、自分が学校の休養室のベッドに寝かされているのに気付くと、ああまだ生きていたのだと思う。まだ二十歳には間がある。手を出して数えてみる、あと何年何か月だわ、そう思うと、切ない苦しさで喉の奥が渇いてきた。しかし登代は内気で誰にもそのことを打明けなかった。

どうやら女学校を出ると、彼女は家の事情である土木会社に勤めた。いつも怯えたように小さくなっていて、呼吸をするのも遠慮勝の目立たない娘だった。神経質で、友達が彼女を威《おど》して「わっ」と背中を叩くと、彼女はショックのあまり、ひきつけたように目を白黒させる。大袈裟《おおげさ》なわけではなかった。そんな彼女が案外死なずに二十歳を越して一、二年すると、ようやく彼女に生命の燭光がみえてきた。死なないかもしれないと思う、いや生きたい、ぜひ生きなければと思う。二十年の寿命だとあきらめていた反動は、はげしい生命力を駆り立てた。彼女は見違えるほど美しい娘になった。どことなく異常な情熱があって、過剰な神経の作用が働いた。

彼女は同じ土木会社の若い社員塩見《しおみ》と愛し合うようになった。塩見はどこか調子者の軽さがあったが、会っているとたのしかった。登代には初めての恋人であった。そのうち彼は会社の新しい事業が満洲《まんしゅう》（現、中国東北部）に伸びて、そちらへ転勤することになった。彼は渡満してしまった。登代は彼のことを両親に打明けたが、ゆるしてくれなかったのであきらめようと思った。しかしあきらめようとすればするほどやみ難い思いにせかれてゆく。そうなると分別のない彼女は一途《いちず》になった。彼女は家出をして、突然満洲へ旅立った。長い長い汽車旅の間、ただ塩見のことしか思わなかった。朝鮮を縦断し、満洲に入って新京《しんきょう》（現、長春《ちょうしゅん》）へ着いたのは黄昏《たそがれ》だった。うるさいほど寄ってくる人力車に乗って、郊外の塩見のいる寮へたずねていった。塩見は彼女をみると驚いてしまい、物も言えなくなっている。彼は登代をひとまず知人の家庭へつれていった。結局登代はその知人の世話で、ある国策会社に勤めることになった。女子寮があって内地からくる娘たちはどれだけの数でも消化された。仕事は女工も含めてありあまるほどだったし、新開地らしい自由な天地であった。ここには家族もなければ、うるさい世間の目もなかった。男女が公園で三度出会えば、笑顔が交され、簡単に知己になれた。登代は塩見とは間もなく別れてしまい、開拓地に関する仕事のことで働いている泉川という男と一緒に暮すようになった。泉川は群馬県の農家の次男で、早くから広い天地をゆめみて訓練所から満洲まできたのだった。彼は身体のがっしりした精力的な男で、無愛想だが、登代にはそれが頼もしくみえた。しかし一緒になって子供が生れてみると、家庭にいるような男ではなかった。絶え間なしに開拓地を飛び歩いていたし、将来は開拓地へ入植して指導者になると聞くと、登代は心細くなった。彼女は土に手をつけるのは自分の庭に野菜を作るのさえ気が進まない方だった。都会育ちの彼女はこの外地でダンスをしたり、華やかに暮すことに興味があった。夫婦は衝突すると泉川が必ず暴力をふるい、登代はヒステリックになって夫の手に嚙《か》みついたりした。「ばか、ばか」と泉川は罵《ののし》った。登代は夫の留守のさびしさに堪えかねて、ある若い音楽家と恋愛した。この青年は彼女の傷《いた》み易い心を楽器のようだと称《たた》えたが、一度泉川の太陽に灼《や》けついた顔をみると慄え上って近よらなくなった。

子供が四歳になった時、泉川は牡丹江《ぼたんこう》へ転任になった。彼はそこを足場にして新しい入植者を訓練する仕事にかかるつもりだった。彼は一年の大半は行き先も告げずにリュックを担いで出ていってしまう。登代は牡丹江のような奥地まではゆく気持はなかったし、夫婦は幾度も大喧嘩《おおげんか》をしたあとで、結局登代は子供をつれて内地に引揚げてきた。子供のために送金だけはするという約束だったが、泉川は一度もそれを実行しなかった。登代は子供の満夫を抱えて働かなければならなかった。内地も少しずつ物資が欠乏してきたので、泉川の群馬の実家へ手紙を出したが、米を分けてやろうとも言ってこなかった。登代は町会事務所の事務員をしたり、神田の旅館の女中をしたり、両国《りょうごく》の料理屋へ働きにいったりした。空襲があるようになってからは、千葉の母の妹の疎開した家に留守番で住みこんだのだった。ここの主人は石鹼《せっけん》工場に出ていた人なので、登代はその縁故で石鹼のルートをつけてもらって、細々と闇商売で暮しを立てていた。登代は子供の満夫を夢中で可愛がりながら、時々ヒステリックになって子供を些細《ささい》なことで折檻《せっかん》したりする。感情がむらで、振幅がはげしくて、常軌を逸していた。

空襲を辛《かろ》うじて逃れた彼女は、まっしぐらに群馬にある泉川の実家へ行った。初対面同様の人たちに彼女は子供を預けて、すぐ迎えにくると言って戻ってきた。彼女が物に対する怯え方がひどくなったのはその時分からで、叔母《おば》の世話で半年ほど精神病院に入れられた。しかし登代はいつでも自分は少しもおかしいところはないのだと、回診の医師に訴えつづけた。

「そうそう、あんたはおかしくないよ。ただもう神経が弱っているだけだから、しばらくここで休養してゆきなさい」

医師はなだめてくれる。登代は自分の神経の脆《もろ》さだけは知っていたので、仕方がないと思うのだった。

登代は七歳の子供が十七歳になった今になっても、この子供と猛火をくぐって逃げた空襲の晩のことは忘れられない。その子供の幼さが記憶の最後を飾るせいか、この成長した我が子とは容易に一つにはならないのだ。登代はビールを満夫のコップにも注いでやり、自分も美味《うま》そうに飲んだ。満夫の浅黒い、顎の張った顔はしんねりむっつりしていて、泉川を思い出させる。自分本意な、強情な顔だった。泉川の消息は終戦後も皆無で、おそらく満洲のどこかに骨を埋めたのだろう。彼にとっては妻よりも子よりも大切だった満洲の土の上で、それらしい死に方をしたと思うより仕方がない。

「いま勤めている工場ではいくらくれるのさ」

登代が馴々《なれなれ》しく顔をよせると、満夫は身をずらせた。彼は中学を出るとすぐ土地の製紙会社の工員になって、その寮に住込み、夜は夜学へ通っていた。登代は最近になって頻々《ひんぴん》と満夫に手紙を書いた。彼女は毎年春から梅雨にかけての季節は身体の具合が悪い。頭が重ったるくて、自分のしていることと神経とが別物になって動いているような、にぶい距離感があった。このいやな前ぶれが訪れてくると、彼女はエア・ポケットに入ったような恐怖で生きていることが不安でならない。彼女はふっと息子と二人でまた昔のように暮すことを考えた。あのぷりぷりした頬の感触や、ゴムまりのように弾む肉体の手応《てごた》えのある体温がしみじみなつかしいのだ。彼女は荒《すさ》んだ生活に疲れ果てたし、子供と二人でいて子供に養ってもらったら、身心とも休まるだろうと思う。この考えにつきあたると、彼女は来る日も来る日も息子に手紙を書いて会いたいと言った。助けてほしいと言った。お母さんの懐《ふとこ》ろにおいでと書いた。その空想の都度彼女の手紙の文面は変化してゆく。

彼女の願いの叶《かな》った現実の息子を一目みると満足して、ありがたいわと思った。息子は頼もしい若者になっている。

「お母さん、群馬へ行くよ。一緒になるからね。部屋を探しておくれ」

彼女は今の暮しの愚痴を言いはじめた。そのうち満夫の父親の愚痴や、空襲や、病気の話になって、それはいつ果てるともしれない。脈絡のない愚痴なのだ。満夫はうんともすんとも言わなかったが、彼女の口が自然に封じると、すっと立ち上った。登代は驚いて一緒に立ち上った。彼女が金を払う気配もないので、満夫はあわてて自分のポケットから金を取り出した。

運河の水は澱《よど》んでいる。登代は満夫と並んで歩いた。さびれた裏通りはひっそりして、釣舟宿の前には釣網が干してある。少しゆくとまた木橋に出た。満夫は登代と少し離れて歩いた。

「十年も離れているとへんだと思う。あんたが僕のお母さんという気がしない」

満夫はそう言って、登代を落着いた冷淡な目で見た。

「お祖父《じい》さんなんか、あんな者は母と思うなって言ったけど、僕あの家から出たくて幾度も手紙をあげたでしょう。返事はほとんどこなかった。そのうちあんたのしていることが薄々解ったから、僕もう手紙を書くのはやめた。お祖父さんのうちから抜け出るのだけが望みだったから、工場へ入った時はうれしかったな。今は夜学へ行ってるから、小遣は五百円位しかないけど、それで大福を買っても誰もなにも言わないし、殴られもしない。一人って愉快だなあと思う。こんなにのんびりできるなら嫁さんも要らないな。嫁さんはすぐ意地悪なおかみさんになる。女ってなぜああ意地が悪いんだか、そのくせ意地悪をして自分の方が泣くから、矛盾している。僕、あんたと一緒にはならない。これっきりだと思って挨拶《あいさつ》にきた。一緒に暮すなんて考えないでください」

十七歳の少年は群馬から持ちつづけてきた決断を、幾分切口上で母に伝えた。登代は断崖《だんがい》から突きおとされる瞬間を味わうような眩暈《めまい》を感じた。身体が前後に揺れてくる。心臓が苦しくなって、呼吸が喘《あえ》いだ。耳の端で地虫が鳴くような頭の痛みを感じた。彼女は小さな木橋に摑まって、見栄も外聞もなかった。

「お前さんがなんと言っても親子のつながりは消えやしない。この世で母親は私一人なんだ。親が疲れて病気になってもかまわないんだね。子供は親を養う義務があるんだ」

「義務、おかしなことを言うなあ。未成年を養うのは親の義務なのに。僕の場合、あんたが病気をしてもどうしようもないじゃないか。あんたはお母さんかも知れないけど、僕には遠い人なんだもの」

満夫はこの実感をどうしようもない。恐らく父親が現われても決して馴染まないだろう。父親が富裕ならば依存するかもしれないが、純粋な親子の関係は満夫には考えられなかった。彼は誰も信じない。彼にとっては肉親の祖父も伯父《おじ》もいとこたちも、他人よりいやな存在だったからかもしれない。彼は人嫌いで、工場でも人と付合わなかった。それでいて偏屈というのではなく、独りで気儘《きまま》にラジオを聴《き》いてたのしんでいるのだ。誰かが自分の肩に手をおくと、急に感興が冷えてしまう。肩にかかる手は重たくてわずらわしかった。もしその手がいつでも執拗《しつよう》にかかっていたら、満夫は案外造作なく刃物ででも払うかもしれない。彼は母というもののイメージを失って以来、登代にはなんの愛憎も抱かなかった。彼の無関心はへんに悟ったもののように、淡々としていた。彼は歩き出して表通りを走る電車の音を聞いた。

「浅草へはどう行くのかな。折角出てきたんだから、浅草見物するかなあ」

登代はその冷淡な息子を橋桁《はしげた》から突き落そうとして、かっと目を剝《む》いた。満夫は鬼女の面を被った登代に当惑して、片肘《かたひじ》をあげて母の暴力に備えながら後ずさりした。

彼は瘦せた登代よりも腕力を持っている。しかし母の異常な迫り方におびえた満夫は、逃げ腰にならずにいられなかった。

午後のそろそろ支度をはじめる時間に、登代は階下のたまり部屋へ入ってきた。

「えんちゃん、風呂銭貸してちょうだい」

「また……登代さんは返してくれないんだから」

「なに言ってんの、十五円を二十円にして返させてさ、いい商売してるくせに」

「それは先月やめた春江《はるえ》さんじゃないの」

えん子という朋輩は仕方なしに財布から小銭を出して登代に渡した。それから隣の女と顔を見合せて、頭に人差指で渦をかいてみせた。登代はあともみずに来たばかりの新米の女と連れ立って銭湯へいった。銭湯もこの運河の囲みの中の外れにあった。午後の陽が傾いていたが、小さな浴場の天窓からの明りがおだやかだった。鏡の前に並んでみると、若い愛子《あいこ》という女はよく肉づいていて、まだ乳房も娘らしい円《まる》みがあった。その弾力ある小麦色の肌ざわりは、はちきれそうな生命感にあふれていた。顔もお月さんのようにまるくて目が細い、唇だけがなまなましい赤さに塗りこめられて、かえってちぐはぐな感じだった。湯を浴びると、彼女の脂肪の潤沢な皮膚からは湯がはじきとばされてゆく。登代はさすがに鏡の中の自分の肉体をはばかった。皮膚が干《ひ》涸《から》びて、乳房は貧しくたるんでいた。長年の肉体の酷使で艶《つや》も張りも失われている。細い腕には静脈が浮いていた。登代はその腕に石鹼をぬりながら、

「あんた、幾歳」ときいてみた。

「十七です」

「十七だって、じゃあ寅《とら》年だね」

「さあ、なにどしだか知らないわ」

登代は終戦のとき満夫と同じ七歳だったに違いない愛子を見直した。もう大人になって自分のからだを使う年齢になっているのだ。自分の年の半分よりもっと若い女が、

同じ女体を売ることができていると思うと、登代はぞっとした。赤いセーターの似合うこんな若いむすめはさぞたのしいことが約束されていただろうに、なぜ選《よ》りに選ってこんな町へ来なければならなかったのだろう。しかしむすめは殊更ここへきた境遇を嘆いているとも、憚かっているともみえなかった。彼女は自分の桃色のタオルをうれしそうにひろげながら、

「きれいなタオルでしょう。あたし自分のタオルを持ったのははじめて」

そのタオルをあそびにして、湯にひたしたり出したりしている。昨日パーマネントをかけたという髪は電髪がかかりすぎて赤くちりちりだった。彼女は福島の農村から出てきたばかりだと言ったが、これからする商売も充分心得ているらしく、おそれている気配はない。

「流しましょうか」

愛子は気さくに登代の背中をごしごしと洗った。その力ずくが背中にひりひりとこたえた。登代は眉《まゆ》をしかめて、おお痛いと言った。

小さな子供が湯舟へ足をかけて跨《また》ごうとしていた。遊動円木を跨ぐように全身をかけて伏せながら、湯の中へ入ろうとしている。湯の中へ入ると同時に浴槽の底へおちそうな幼さだった。

「あ、危い！」

登代は見るなり大きな声で叫んだ。子供の母親がとんでいった。子供はわっと泣きだし、銭湯の中の浴客はおどろいたように顔をあげて、登代と子供を見比べている。

「危くて、みていられやしない。よく子供をあんなに抛《ほう》っておくものだね、この間子供が川に落ちたばかりなのにさ」

　登代はあてつけがましく言った。自分の心臓の動悸が苦しいほどだった。世の中の子供を持った親という親が不注意にみえてやりきれないのだ。

　湯から上ると、もうあたりは暮れかけていた。登代は細帯のまんまで外へ出た。戦災前まではこの運河の中の街はもっと格式のある遊廓だったというのに、今では大通りの半分だけが特飲街だった。場所柄が都心をはずれてしまっているせいかさびれて、下町の粋《いき》な面影をとどめようもない。風呂屋から特飲街へかえる道の途中に、堤防の一部が壊されて外側が埋め立てられ、木材所ができた。登代は愛子を誘ってぶらりと埋立てられた傾斜の道を上って堤防の外へ出てみた。埋立地にはレールが引かれてトロッコが通る仕組らしい。木材所は洲崎の運河に面した外れに建った。トロッコのレールを跨いで下りると埋立地の際には水がひたひたときていて、材木も流れている。この眺めには葦《あし》の生えた干潟《ひがた》をめぐる河の流れと空があった。その先は海だろう。登代はしゃがんで煙草を吹かしながら、夕風になぶられていた。もうここにも長くはいられないと登代は思った。客は少しもつかないし、借金だけが嵩《かさ》んできていた。客も朋輩も自分をバカにするのだ。ここは住みよい場所ではない。もうどんな男でもよいから、この地獄から自分を連れ出してくれる者はないのだろうか。さびしいから帰ろうと愛子がうながした。登代は煙草を捨てて立ち上り、だらだらと傾斜の道を下りて、その横手からはじまる歓楽の町へ戻っていった。

夜の着物を借りに登代は女主人の部屋へ出向いた。来る日も来る日も借着で、結局は借金してそれを買うことになるのだけれど、彼女の働きではいつまでしても着物一枚自分のものにはならないのだ。よく肥って艶のよい常子は登代の化粧をみると、ふっと眉を寄せた。

「あんた病気じゃないの。疲れるようなら縫物でもしていたらどうお」

登代はそっぽを向いているきりだった。胸を悪くした女が病院に通いながら縫子になって住みこんでいたが、登代はあんなにして働くのはまっぴらだった。針をもって一本の線を縫うことさえ億劫《おつくう》なのだ。彼女は着物を抱えてきて、投げやりな気持だった。どうせ今夜も看板まで客はないだろうと思うと支度をする気にもなれない。若い妓たちはもう店へ出て立ちはじめているのか、客を呼ぶ声がする。ふいに登代は自分の名をけたたましく呼ばれてぎくりとした。帯を結《ゆわ》えながら出てゆくと、いつかの義眼の男がまっすぐに上ってきたのだった。彼女はその場に釘《くぎ》づけになって、小きざみに身を慄わせた。その男が登代には常人とはみえなかった。橋の上で倒れかかった彼女を支えて、知らないまに送り届けてくれた男の現われかたからして登代は夢をみているようだ。

野木は二階の部屋に上っても、別に登代の顔をみるでも、声をかけるでもなかった。よごれた鳥打を投げ出し、焼酎《しょうちゅう》の入った顔を窓によりかけながら彼は夜風に吹かれた。この場所がなんとなく気易いのは何故《なぜ》かなと思った。野木はその時々によって違う仕事にありついたり、あぶれたりして、長いこと放浪したせいか、東京の町にはかなり精しくなっていたが、やはり生れた町に近いこんな掘割のある町がなつかしいのかもしれない。家があるわけではなし、肉親があるわけでもないせいか、彼はその日の懐ろでふっと黄昏の街角に足を止め、ちょうど来合せたバスに乗って、これというあてもなく終点までゆくようなこともある。この四、五年来の東京のバス行路の発達で、回れる限りの遠路を迂回《うかい》しながら、どんな街へも案内してくれる。

右目のない彼は眩《まぶ》しい朝の陽光も、夜のネオンもきらいで、日没前後の太陽の衰えてゆく時刻がいちばん安らぎになった。彼の半分の目にかかると、距離感がはっきりしなくて、遠近がつかめなかった。彼は歩いても歩いてもその橋に近づけないもどかしさで、かっとなった経験がある。物にもよくけつまずいた。凹凸がはっきり見定められないために、大地が窪《くぼ》んでいても、小高くなっていても、用意がなくて前にのめった。この不安定な日常には容易に馴れがなくて、かえって視力の衰えさえ現われはじめた。彼は薄い色眼鏡をしていたが、過度な光線を浴びると健康な左の目からも涙が出てきた。残された大切な左目のために彼は強い光を避けていつもうつむいていた。

ここしばらく築地《つきじ》の青果市場へ軽子《かるこ》の臨時の仕事で出ている野木は、朝が早い代り夕方も早く仕事がすんでしまう。銀座からきたバスがちらほら灯をつけはじめた街を走ってゆくと、彼はわれともなくその方へよっていった。築地から勝鬨橋《かちどきばし》へとバスは真直ぐに走る。隅田川は暮色につつまれて、広い川はしずまっている。月島から埋立地をぬってゆくと、河に沿って工業地帯がひらけ、船が入っていたり倉庫が並んだり、鉄工場のつづく地域だった。バスががらんとした大道路の橋を渡って場末のさびれた風景の中を孤独な感じで埃まみれに走ってゆくのだ。あたりが夕暮れてきた川に小さな舟が流れてきた。艫《とも》に石炭を山積した舟には赤ん坊を背負った若い妻が舳先《へさき》に掛けている。若い妻は白い割烹着《かっぽうぎ》をかけて胸に負い紐《ひも》の黒い帯を交叉《こうさ》させていた。舟を漕ぐのは良人だろう、彼は橋上を走ってゆくバスを見送っている。

ゆるやかに滑ってゆく舟の光景は、すぐ野木の視野からみえなくなった。入江から入江をまわって積荷と運搬で暮している夫婦者のねぐらは、案外石炭の下の舟底かもしれなかった。野木は一瞬に消えた情景ののどかさを、見てはならないものだと思った。夫婦と家庭との原型が小さな舟に存在していた。そのことが珍しく彼に強い印象を与えた。彼はバスに揺られながら、ふりかえって砂埃の道を眺めた。バスは刻々に日没のあとの暮れた空の下を、人肌を慕うもののように埃まみれに走ってゆく。あたりがいつとなく夜になって、灯が明るく瞬く町に出ると、大きく「木場」と書いた標識が見えて、深川だった。

彼は以前ここからあまり遠くない北砂町《きたすなまち》のごたごたした町中に住んで、時計商を営んでいた。彼が出征したあともここに残った老母と妹は、空襲の晩に死んだのだった。妻だけが妊娠中で実家に帰っていた。老母も妹も防空壕の中での窒息死で、出口の方へ乗り出してもがいた恰好《かっこう》で呼吸が絶えていたという。妻の喜代《きよ》子の生んだ子供はすぐ死んでしまって、野木が帰ってきた時彼女は勤めに出ていた。野木はビルマ（ミャンマー）で片目を失い自失の態で、敗惨者のように立ち上れもしなかった。夫婦の間はどういうものかいつまでもしっくりゆかなくて、喜代子は彼を疎《うと》みはじめ、そうなると彼はますます仕事を求める気力もなく酒ばかり飲んだ。喜代子から別れ話が出て、二人が別れるまでには理由もない憎しみ合いで二人は荒みきってしまい、喜代子は勤めもやめてしまった。どちらに恋人があるというのではなし、嫌いというのでもないのに、夫婦の間には和解のしようのない溝が出来てしまったのだ。喜代子は二言目には、

「あなたは元はこんなではなかった」

と責めたが、野木にとっても元はこんな目はしていなかったのである。

彼は河のある町をしばらく歩いて、いつか埋立てた運河の中の歓楽の町へ向っていた。そこへゆけば自分を待っているものがあって、それが自分をたぐりよせるという意識はなかったが、そこには気にかかるものがあって、自分がみてやらなければなるまいという思いは、どこかにあった。それでいて負担とまでは思わない。通い馴れた道を知らず知らず歩いているような自然さでもあった。片目で見られていると思うと気楽だと言った女の顔も、人間の顔には違いない。大抵の女は彼のきらきら光った硝子《ガラス》の球を気味悪そうにして、わざと見まいとしたり、見ないふりをするのをエチケットと思っているらしかった。妻の喜代子はいつもこの不自然な目をおそれるので、彼

はしばらくの間眼帯をして暮したこともあった。彼の平凡な顔はそのためにひどく目立った。目立つということが彼を傷つけた。決して賑やかな通りを歩かない。人に呼ばれても片方の目を労《いたわ》る角度で相手をみるくせがついた。

野木はふところの都合もあって、女のいる町へくることは少ない。宵《よい》に来ると高いから、夜おそく来るようにとわざわざ送り出すときに登代が教えたが、彼は二度と会うこともあるまいと思っていた。彼は橋の近くの飲み屋へ入って焼酎を飲んだ。この腰掛店の裏は運河で一跨ぎの土しかない。彼は飲み屋の女にこの間子供が河へ落ちたろう、と話しかけた。

「旦那さんごぞんじですか。ほんとにこの近所の子供たちは遊び場もなくて危いんですよ。よくコンクリートの堤防の上を歩いたりしますし、水遊びも好きですしね。ろくな真似《まね》はしませんよ」

野木は自分の子供が生きていたら、もう十歳にもなっているのだと思った。子供のいないことに、ほっと息をつく気持だった。もし子供が生きていたら自分たち夫婦の不幸はもっと根深いものになったろうと思う。子供が死んだということで自分を救っている彼は、かえって子が河に落ちた打撃も強かったのかもしれない。この心情が登代にも共通かどうかは解らない。

彼は店を出て軒並に女たちが出てきて呼びこむ声を聞き流しながら、ぶらぶらと冷やかして特飲街の外れまで歩いた。行き止りは堤防だった。返して横町に入ってもまだ上る気にはなっていなかった。

若い女が野木の腕を摑むなり、高い声で登代の名を呼んだ。まだ店あけで客は一人も上っていなかった。野木をみると、登代はああと口を開けて、茫然《ぼうぜん》としたまま媚を湛《たた》えることも忘れているのが、痛いように彼にわかった。厚い白壁の中の亀裂のような小皺をみてもはじまらないので、彼はにやにやしてよこを向いた。こんなみじめな女の面が少しもいやでないのは、おかしいことかもしれない。彼女が自分の硝子の目に奇異や嫌悪を感じない、その無関心さとのゆるし合いだろうか。彼はそんなのは真平《まっぴら》だと、悪趣味な客の厚かましい態度で上った。

この前の部屋に通って、寛《くつろ》ぐと、登代はそばに座って煙草を無心した。彼女はうまそうに一気にむさぼり吸った。それから自分の膝で相手の膝を押すようにして、長いこと待っていたのだと告げた。

「苦しいことばっかりあったんですよ。旦那さんは子供さんがあるんですか」

「ない」

「奥さんだけ」

「それもない」

「いいわねえ、あたしは子供を生んで損しました。今の子供は血も涙もないんだから。母親をみるのがいやで、親なんかどうなってもかまわない、一人で暮すのが大好きだというじゃありませんか」

「誰の子だね」

「あたしの子供です」

「君は幾人も子供がいるのかい」

「いいえ、一人っ子なんです」

「ほう、君の子供は空襲のあとで死んだのじゃなかったか」

「死んだって、誰がそんなこと言いました。満夫は十七歳なんです。群馬県の田舎で製紙工場に働いてるんです」

　野木は不思議そうに登代をみて、薄くわらった。すると登代も感染したように薄笑いを浮べた。それははにかんでいる少女のような表情で少しも狡《ずる》くはなかった。

「君は子供の話を、来る客、来る客にするのかね」

「まさか、誰がするもんですか、年がしれちゃう。ああだけどどうしてお客さんにしたのかしら」

登代はまじまじと野木をみたが、深く考えようとすると頭が混乱して痛むので、なぜという疑問は一つも考えないことにしていた。彼女は深い溜息《ためいき》をした。

「あたしはもう疲れましたよ、堅気《かたぎ》になりたくてね。お宅に置いてくれないかしら。奥さんがくるまででもいいですよ。なにお手伝いだと思えばいいでしょう」

「家なんかあるものか」

「だって、寝るところはあるでしょう」

「ない。本賃宿を渡り歩きしたり、仕事の都合で寮へ入れてもらったりしている、宿なしなんだ」

「寮じゃあ駄目かねえ」

登代はぼんやりと呟いた。

「仕事ってなんなの」

「築地の市場で荷車を引いている。野菜を運ぶ人夫さ」

「そりゃいいわねえ、その野菜を売って歩くの？」

野木はふっと起き直って、怪しむように訊ねた。

「君、三つと六つと足すと幾つだい」

「なんですって、三つと六つは、九つじゃないの」

「じゃあ三つと九つは」

「十ですよ、ばかにしてるわ」

登代は吐き出すように答えた。試されていることに腹が立つのだ。彼女は目に涙をうかべて、みんなが自分を馬鹿にすると口惜《くや》しがった。その憤りは果しない愚痴になった。野木は壊れ笛のような女のわけのわからぬ呟きを聞いていると、気が滅入った。そのうち狂い出して、精神病院へ送られてゆくさまを想像すると、背筋がさむくなった。彼はその暗い想像の重圧から逃れるために、わざと女の膝を引寄せて頭をのせた。目をつぶると女の柔軟な膝の感触だけがじかに伝って、一瞬の快楽に溶けられそうだった。自分の髪が女の手でなぶられるのも快かった。目をつぶると一切が見えなくなるというのは悪くないのだ。ただ彼の片方の目は眠っても瞼《まぶた》がふさがらずに、硝子の球はむきだしのまま光っているはずだった。彼は女がその目を覗いているのを感じた。

「気味が悪いだろう、この目」

「開いたままなのね。この目をやられたとき痛かった？」

「目の中へ火の玉が飛びこんできたようだったな。……ビルマで、手榴弾《しゆりゆうだん》でやられたんだがね」

「両方でなくてよかったわね」

「うまく片方だけ助かった。だが片方でよかったと思ったことはないな。なぜ両方助からなかったかと思った。片目がないということはつらいことさ」

「これがあんたの泣きどころね」

登代はそう言って、掌《てのひら》で瞼をやさしく撫でた。野木はその泣きどころを隠さずにさらしているのが好い気持だった。男の子が乱暴をして怪我した個処を、母親にみせている時の甘えた気持と似ていた。彼はやさしい気分にひたりながら、もう二度とここへは来ないだろうと思った。すると自分の顔の上へかぶさってくる女の呼吸が、自分のもののような親しさで感じられるのだった。
三、四日雨が降りつづいて、ようやく晴れた日の夕刻、登代は出《で》の支度をしてその日の縁起に洲崎神社へ詣ったかえり、ふらりと木材所の埋立地へ上っていった。もう日が暮れているのに、数人の子供がそこに遊んでいた。彼らは木切れをもって水際まで下りてゆき、水になにか浮べたりしてはまた駆け上ってくる。登代は派手な着物のままかがんで子供たちのせわしい動作をみながらはらはらした。

「危いったら、河に落ちるよ」

そう注意すると、子供たちは一層おもしろがって、上体を傾けたり、足をわざと水の中へ突込んだりしながら戯れた。子供の一人が、

「おばさんあげる」

と差し出すのを受けとると、それは木屑《きくず》で作った舟のつもりらしかった。登代は礼をいって貰った。こんなことが昔の自分にもあったと思った。すると苦しい悔恨《かいこん》が胸を嚙《か》み、あてどない孤独が迫った。彼女は胸で嗚咽した。

木材所は夜なべなのか灯がともり、木材を切断する機械の音が軋《きし》るように響いてきた。登代は耳をふさいだ。河は引潮の時は膝までの浅瀬だが、上潮がくるとぐんぐんと水嵩を増してくる。空は夕陽の名残りが濃い暮色につつまれて、もう最後の残映もかき消していた。登代はその夕映から空襲の晩の空を思い浮べた。木材所の機械が唸《うな》

りをあげて響いてくる。彼女は幼い満夫の手を引き、水際までくると夢中で背負ってモンペの紐でくくりつけたのを覚えている。海は浅瀬で、冷たさも熱さもない夢中だった。登代はあたりを見回した。子供のかげはなかった。彼女は立ち上って子供の名を呼んでみた。

「満夫、満夫、どこへ行ったの」

すると耳を聾するような爆音が次第に渦巻いて近くにきた。登代はこの耳鳴りをいつも不幸の前ぶれだと感じていた。このあとでは必ず頭がへんになって、なんにも解らなくなってしまう。彼女は懸命に最後の拠《よ》りどころを求めて子供の名を呼びつづけた。早く逃げなければいけない。築地市場はどこにあるのだろうか。暗い水の面《おもて》に、ちらっと子供の小さな手がみえた。

「あの手をつかまえなければ……」

彼女は目を据えて前のめりに両手を差しのべ、子供の名を呼びながら、水の中へ入っていった。

解説

水溜真由美

本書は、一九五五年一二月に講談社より刊行された短篇集である。著者の芝木好子は一九一四年生まれ、「青果の市」により一九四一年下半期の芥川賞を受賞している。芝木は表題作の「洲崎パラダイス」（『中央公論』一九五四年一〇月号）を皮切りに、洲崎（東京都江東区東陽一丁目）の界隈を舞台とする六篇の短篇を発表し、単行本として刊行した。

洲崎は一八八八年に根津遊廓の移転に伴って開業した遊廓として知られる。戦後に公娼制度が廃止されると、かつての遊廓は特殊飲食店街（いわゆる赤線）として営業を続けた。この時期、洲崎の特飲街の入り口には、遊廓時代の大門の代わりに「洲崎パラダイス」と書かれたアーチ状のネオンサインが立っていた。もっとも、売春防止法の施行により、まもなく赤線は廃止になる。本書が刊行された一九五五年一二月は、まさしく国会に売春防止法の法案が提出された月でもあり、洲崎は新たな転機を迎えつつあった。

本書に収録された作品を通じて芝木が描き出すのは、戦前の遊廓の時代とは大きく異なる売買春をめぐる戦後的な状況である。その変化を一言で表現するならば、廓の内と外の垣根が低くなったことだと言えるだろう。「籠の鳥」という言葉があるように、公娼制下において娼妓は国家への登録を義務づけられ、居住や外出の自由を制限された。さらに、自由意思による稼業であるとの建前とは裏腹に、重い前借金で縛られ、借金の返済が終わるまで廃業できなかった。

公娼制廃止後は、特飲街で働く女性の自由は遥かに大きくなった。かつての洲崎遊廓は東京湾と運河に囲まれ、入り口を二箇所に限って娼妓の逃亡を防止していた。しかし公娼制廃止後は、前借金の慣習も廃止に向かい、女性たちは日常的にも特飲街の内と外を自由に行き来できるようになった。芝木は作中で、かつて洲崎遊廓があったエリアのうち半分は特飲街として営業を続け、半分は住宅地になったと指摘しているが、これは廓を取り巻く境界の揺らぎに対応している。もっとも、こうした変化は、必ずしも公娼制度が廃止されたから生じたものではなかろう。敗戦に伴う経済的困窮と価値観の変化が、女性たちが「売春する自由」を拡大した側面もある。占領期には「パンパン」と呼ばれた街娼が特飲街の内か外かを問わず街にあふれた。

表題作である「洲崎パラダイス」に登場する蔦枝は、洲崎（赤線）で働いていた過去を持つ女性である。物語の中で、蔦枝は恋人の義治と共に洲崎を訪れ、特飲街の外にある飲み屋の女中となり、「娼婦上がり」の前歴を隠して客の落合と恋仲になりかけるが、最終的に義治とよりを戻して洲崎を去る。この作品を原作とする川島雄三監督の映画『洲崎パラダイス　赤信号』（一九五六年）は、特飲街の内と外を自由に行き来し、男を渡り歩く蔦枝（新珠三千代）の、いかにもアプレゲール的な軽やかさを印象的に描いていた。

ところで、先ほど『洲崎パラダイス』は売買春をめぐる戦後的な状況を描いた作品だと述べたが、実のところ本書に収録された作品は、「洲崎の女」を例外として、特飲街の中のことをほとんど描いていない。「洲崎パラダイス」を始めとする作品の主な舞台は、特飲街の入り口に通じる洲崎橋の袂にある飲み屋に設定されている。この飲み屋が特飲街の外にあることは、「洲崎界隈」において、飲み屋の女将である徳子が女中の文子に向かって、「橋を渡ったら、お終いよ。あそこは女の人生の一番おしまいなんだから」と言い聞かせる場面からも確認できる。作品によって揺れはあるものの、徳子は夫が愛人と駆け落ちした後、女手一つで子供を育てる堅気の女性として設定されている。

一方で、この飲み屋は特飲街の内と外をつなぐ境界的な場所でもある。というのは、第一に、この飲み屋には特飲街の女性や客が頻繁に出入りしている。「洲崎パラダイス」には、「夜更けのネオンが消える時刻」に、客を送るために橋を渡ってきた特飲街の女性が客と共に飲み屋に立ち寄り、「離れ難い風情」で酒を飲む場面がある。「歓楽の町」では、年配の常連客が、特飲街の女性を飲み屋に呼び出そうとするが、目当ての女性が店を移ったことを知らされ、チップも置かずに帰ってしまう。「洲崎界隈」では、かつて特飲街で働いていた菊代が、夜更けに古い馴染み客の間野と飲み屋で落ち合い、酒を飲んだ後、一緒に特飲街に向かう。

第二に、飲み屋の女中を足がかりにして特飲街に入る女性が後を絶たない。物語の舞台である飲み屋では、若い女性を女中として雇っており、女中がいない時は、店先に「女中さん入用」の張り紙をしている。「洲崎パラダイス」では、店に女中が定着しない理由を、「三日か五日に一人位は張紙を見て入ってくる女もいたが、長続きしたためしがない。大半は特飲街へ入りたい気持の女が、足場のつもりで腰をかけるのだし、そうではなく、本気で女中をする気の山だし女も、四、五日するともう気の変るのが例である。どうせ同じような客相手なら、パンパンになっても化粧や美しい着物に飾り、華やかな嬌声の生活に変りたいと思うのが、彼女らのお定まりだった」と説明している。

「洲崎界隈」では、女中の文子が、徳子から特飲街に入らないよう言い聞かされていたにもかかわらず、最終的に店を去る。「蝶になるまで」の鈴子は、田舎から出てきたばかりのうぶな少女であるが、飲み屋の女中として働くうちに、「美しい化粧と装いで異性の心を自由に出来るという予想」から特飲街の女性に憧れを抱くようになる。先の引用には「どうせ同じような客相手なら」とあるが、鈴子が飲み屋における接客を通して男に対する嬌態を身につけていく様子は、特飲街の外にあるはずの飲み屋が特飲街の中の店と地続きであることを示唆している。「洲崎パラダイス」では、飲み屋の女中となった蔦枝が、客の落合と食事に行った後、そのまま一夜を過ごして朝帰りする。飲み屋の女将は、店に戻った蔦枝が、落合から買ってもらった新しい着物を着ていて、スフモスリンの反物を土産として差し出すのを見て、「特飲街の女もかなうまい」と舌を巻く。

このように、本書に収録された作品の主な舞台が特飲街の外にある飲み屋におかれていることは、戦後になって廓の内と外の境界が流動化したことを描き出す絶妙な設定となっている。廓の内と外の境界が流動化するということは、売買春をめぐる敷居が低くなるということにほかならない。売春防止法制定後も、今日に至るまで、こうした傾向は加速している。

もっとも、だからといって、売春に携わる女性（セックスワーカー）に対するスティグマが消滅したわけではない。作中でも、飲み屋の女将や男性客は、特飲街で働く女性についてくり返し差別的な発言をする。「蝶になるまで」に登場する客の松久は、女中の鈴子が特飲街に入りたそうな素振りを示すと、自身が特飲街で買春していることは棚上げしつつ、露骨に不機嫌になり、「あんなとこ、女の屑のゆくところだけどな」と呟く。つまり、売買春の敷居が低くなったとは言っても、人々の心の中には廓の内と外を区別する敷居が頑として存在するのである。

こうしたイメージと呼応しつつ、特飲街で働く女性を悲惨なイメージで描く作品もある。本書の中で唯一特飲街の中の様子を描いた「洲崎の女」がそれである。この物語の主人公である登代は、一人息子の満夫を満州で行方不明になった夫の実家に預けて働く「中年の娼婦」である。登代は年増女性である上に、精神を病んでいるため、思うように客をとることができない。登代は、上京した満夫に冷淡にされた後、かつて満夫を連れて空襲の中を逃げ惑った記憶に捕らわれながら河に入水する。溝口健二監督の映画『赤線地帯』（一九五六年）に登場するゆめ子（三益愛子）は、映画のクレジットに「洲崎の女」と書かれているように、登代をモデルとしている。

もっとも、『洲崎パラダイス』の魅力は、ポスト公娼制の時代の特飲街をとりまく状況をドライな視線で描いているところにあり、その全体のトーンからすると、「洲崎の女」はいささか湿っぽい。同じく戦争の被害を受けながらも登代とは対照的な生き方をする「洲崎界隈」の菊代の方が、本書の真骨頂だという気がする。

菊代は戦災で両親を失い、「頼るものは自分しかないという信条」を固め、職を転々とした後で特飲街に入る。その五年後、菊代は自力で家を建てた上、夫も得て、特飲街の仕事から足を洗う。ところが特飲街に魅力的な建物が売りに出されると、途端に食指が動き、かつての馴染み客の間野に再接近する。男性を手段とみなし、廓の内と外を自由に行き来する菊代は、目的合理的で欲望に忠実な新しいタイプの女性と言えよう。

特飲街で働いていた時期に、菊代は朋輩に小銭を貸して貯金の足しにしていたが、映画の『赤線地帯』に登場するやすみ（若尾文子）も同じことをする。やすみは、馴染み客の貸布団屋の主人から金をむしり取って夜逃げに追い込み、最後は自ら布団屋の女主人に収まる。『赤線地帯』のクレジットに「洲崎界隈」の表記はないのだが、やすみと菊代のイメージは偶然とは言えないほどに重なっている。『赤線地帯』は吉原で働くセックスワーカーの群像劇だが、『洲崎パラダイス』と同様に、やすみやミッキー（京マチ子）ら新しい女性の姿がその魅力に大きく貢献している。

（みずたまり・まゆみ　日本文学・日本思想史）

本書は、一九五五年に講談社より刊行された。文庫化に際しては、集英社文庫版（一九九四年）を底本とした。

本書のなかには、今日では差別的とも受け取れる表現があるが、作品の歴史的価値と著者が故人であることを考慮し、そのまま収録した。

ノ　ラ　や　　内田百閒
——内田百閒集成9

百閒宅に入りこみ、不意に戻らなくなった愛猫ノラの行方を嘆じ続ける表題作を始めとして、猫の話ばかりを集めた22篇。（稲葉真弓）

小川洋子と読む
内田百閒アンソロジー　　内田百閒　小川洋子編

「旅愁」「冥途」「旅順入城式」「サラサーテの盤」……今も不思議な光を放つ内田百閒の小説・随筆24篇を、百閒をこよなく愛する作家・小川洋子と共に。

男流文学論　　上野千鶴子　小倉千加子　富岡多恵子

「痛快！　よくぞやってくれた」「こんなもの文学批評じゃない！」　吉行・三島など〝男流〟作家を一刀両断にして話題沸騰の書。（斎藤美奈子）

尾崎翠集成（上）　　尾崎翠　中野翠編

鮮烈な作品を残し、若き日に音信を絶った謎の作家・尾崎翠。この巻には代表作「第七官界彷徨」をはじめ初期短篇、詩、書簡、座談を収める。

尾崎翠集成（下）　　尾崎翠　中野翠編

時間とともに新たな輝きを加えてゆく尾崎翠の文学世界。下巻には『アップルパイの午後』などの戯曲、映画評、初期の少女小説を収録する。

沈黙博物館　　小川洋子

「形見じゃ」老婆は言った。死の完結を阻止するために形見が盗まれる。死者が残した断片をめぐるやさしくスリリングな物語。（堀江敏幸）

注文の多い注文書　　小川洋子　クラフト・エヴィング商會

バナナフィッシュの耳石、貧乏な叔母さん、小説に隠された〈もの〉をめぐり、二つの才能が火花を散らす。贅沢で不思議な前代未聞の作品集。（平松洋子）

尾崎放哉全句集　　村上護編

「咳をしても一人」などの感銘深い句で名高い自由律の俳人・放哉。放浪の旅の果て、小豆島で破滅型の人生を終えるまでの全句業。（村上護）

南の島に雪が降る　　加東大介

召集された俳優加東はニューギニアで死の淵をさまよう兵士たちを鼓舞するための劇団づくりを命じられる。感動の記録文学。（保阪正康・加藤晴之）

せどり男爵数奇譚　　梶山季之

せどり＝掘り出し物の古書を安く買って高く転売することを業とすること。古書の世界に魅入られた人々を描く傑作ミステリー。（永江朗）

ゴジラ　香山滋

今も進化を続けるゴジラの原点。太古生命への讃仰、原水爆への怒りなどを込めた、原作者による小説・エッセイなどを集大成する。（竹内博）

絶望図書館　頭木弘樹編

心から絶望したひとへ、絶望文学の名ソムリエが古今東西の小説、エッセイ、漫画等々からぴったりの作品を紹介。前代未聞の絶望図書館へようこそ！

トラウマ文学館　頭木弘樹編

大好評の『絶望図書館』第2弾！　もう思い出したくもないという読書体験が誰にもあるはず。洋の東西、ジャンルを問わずそんなトラウマ作品を結集！

うんこ文学　頭木弘樹編

人間は、食べて、出します。しかし、食事と違い排泄は人に見られた場合ずっとトラウマになることもあります。漏らす悲しみを知る人のための17編。

先端で、さすわ　さされるわ　そらええわ　川上未映子

すべてはここから始まった――。デビュー作にして圧倒的文圧を誇る表題作を含む珠玉の七編。第14回中原中也賞を受賞した第一詩集がついに文庫化！

水瓶　川上未映子

鎖骨の窪みの水瓶を捨てにいく少女を描いた長編詩「水瓶」を始め、より豊潤に尖鋭に広がる詩的宇宙。第43回高見順賞に輝く第二詩集、ついに文庫化！

名短篇、ここにあり　北村薫／宮部みゆき編

読み巧者の二人の議論沸騰し、選びぬかれたお薦め小説12篇。となりの宇宙人／冷たい仕事／隠し芸の男／少女架刑／あしたの夕刊／網／誤訳ほか。

名短篇、さらにあり　北村薫／宮部みゆき編

小説って、やっぱり面白い。人間の愚かさ、不気味さ、人情が詰まった奇妙な12篇。華燭／骨／雲の小径／押入の中の鏡花先生／不動図／鬼火／家霊ほか。

とっておき名短篇　北村薫／宮部みゆき編

「しかし、よく書いたよね、こんなものを……」北村薫を唸らせた、とっておきの名短篇。愛の暴走族／運命の恋人／絢爛の椅子／悪魔／異形ほか。

名短篇ほりだしもの　北村薫／宮部みゆき編

「過呼吸になりそうなほど怖かった！」宮部みゆきを震わせた、ほりだしものの名短篇。だめに向かって／三人のウルトラマダム／少年／穴の底ほか。

読まずにいられぬ名短篇 北村薫 宮部みゆき編

松本清張のミステリを倉本聰が時代劇に!? あの作家の知られざる逸品からオチの読めない怪作まで厳選の18作。北村・宮部の解説対談付き。

教えたくなる名短篇 北村薫 宮部みゆき編

宮部みゆきを驚嘆させた、時代に埋もれた名作家・長谷川修の世界とは? 人生の悲喜こもごもが詰まった珠玉の13作。北村・宮部の解説対談付き。

飛田ホテル 黒岩重吾

刑期を終えたやくざ者に起きた妻の失踪を追う表題作など、大阪のどん底で交わる男女の情と性。直木賞作家の傑作ミステリ短篇集。（難波利三）

西成山王ホテル 黒岩重吾

飛田、釜ヶ崎……、大阪のどん底で強かに生きる男女の哀切を直木賞作家が濃密に描く。『飛田ホテル』に続く西成シリーズ復刊第二弾。（花房観音）

飛田残月 黒岩重吾

飛田界隈をただよう流れ者たちの激情と吐息。酷薄さとやさしさの溶けあう筆致で淪落の者たちへの愛を描き切る傑作八篇。（小橋めぐみ）

青空娘 源氏鶏太

主人公の少女、有子が不遇な境遇から幾多の困難にぶつかりながらも健気にそれを乗り越え希望を手にする日本版シンデレラ・ストーリー。（山内マリコ）

御身 源氏鶏太

矢沢章子は突然の借金返済のため自らの体を売ることを決意する。しかし愛人契約の相手・長谷川との出会いが彼女の人生を動かしてゆく。（寺尾紗穂）

落穂拾い・犬の生活 小山清

明治の匂いの残る浅草に育ち、純粋無比の作品を遺して短い生涯を終えた小山清。いまなお新しい、清らかな祈りのような作品集。（三上延）

無限の玄／風下の朱 古谷田奈月

死んでは蘇る父に戸惑う男たち、魂の健康を賭けて野球する女たち——赤と黒がツイストする三島賞受賞作かつ芥川賞候補作が遂に文庫化!（仲俣暁生）

疾走！ 日本尖端文學撰集 小山力也編

まるで詩で小説を書くような煌めく比喩で綴られる文章で昭和初期に注目を集めた〈新感覚派〉の作品群を小山力也の編集、解説で送るアンソロジー。

クラクラ日記　坂口三千代

戦後文壇を華やかに彩った無頼派の雄・坂口安吾との、嵐のような生活を妻の座から愛と悲しみをもって描く回想記。巻末エッセイ＝松本清張

文章読本さん江　斎藤美奈子

「文章読本」の歴史は長い。百年にわたり文豪から一介のライターまでが書き綴った、この「文章読本」とは何ものか。第1回小林秀雄賞受賞の傑作評論。

本の本　斎藤美奈子

じつは著者初の書評集。デビュー以来13年分の書評がぎっしり詰まった本書で評された(切られた？)本は700冊近い。ずっしり時代が収まった決定版。

星か獣になる季節　最果タヒ

推しの地下アイドルが殺人容疑で逮捕!?　僕は同級生のイケメン森下と真相を探るが――。歪んだピュアネスが傷だらけで疾走する新世代の青春小説！

えーえんとくちから　笹井宏之

風のように光のようにやさしく強く二十六年の生涯を駆け抜けた夭折の歌人・笹井宏之。そのベスト歌集が没後10年を機に待望の文庫化！　（穂村弘）

北大路魯山人(上・下)　白崎秀雄

美食家として星岡茶寮の隆盛と芸術家としての成功・華やかな人間関係。一方で絶えることのない周囲との軋轢、そして不遇な晩年。傑作評伝完結。

コーヒーと恋愛　獅子文六

恋愛は甘くてほろ苦い。とある男女が巻き起こす恋模様をコミカルに描く昭和の傑作が、現代の「東京」によみがえる。　（曽我部恵一）

てんやわんや　獅子文六

戦後のどさくさに慌てふためくお人好し犬丸順吉は社長の特命で四国へ身を隠すが、そこは想像もつかない楽園だった。しかしそこは……。　（平松洋子）

小路幸也少年少女小説集　小路幸也

「東京バンドワゴン」で人気の著者による子供たちを主人公にした作品集。多感な少年期の姿を描き出す。単行本未収録作を多数収録。文庫オリジナル。

虹色と幸運　柴崎友香

珠子、かおり、夏美。三〇代になった三人が、人に会い、おしゃべりし、いろいろ思う一年間。移りゆく季節の中で、日常の細部が輝く傑作。　（江南亜美子）

『新青年』名作コレクション　『新青年』研究会編
探偵小説の牙城として多くの作家を輩出した伝説の総合娯楽雑誌『新青年』。創刊から101年を迎え新たな視点で各時代の名作を集めたアンソロジー。

須永朝彦小説選　須永朝彦　山尾悠子編
美しき吸血鬼、チェンバロの綺羅綺羅しい響き、暗い水に潜む蛇……独自の美意識と博識で幻想文学ファンを魅了した小説作品から山尾悠子が25篇を選ぶ。

図書館の神様　瀬尾まいこ
赴任した高校で思いがけず文芸部顧問になってしまった清(きよ)。そこでの出会いが、その後の人生を変えてゆく。鮮やかな青春小説。（山本幸久）

僕の明日を照らして　瀬尾まいこ
中2の隼太に新しい父が出来た。優しい父はしかしDVする父でもあった。この家族を失いたくない！隼太の闘いと成長の日々を描く。（岩宮恵子）

ナンセンス・カタログ　谷川俊太郎　和田誠画
詩につながる日常にひそむ微妙な感覚。谷川俊太郎のエッセイと和田誠のナンセンスなイラストで描いた150篇のショートショートストーリー。

詩ってなんだろう　谷川俊太郎
谷川さんはどう考えているのだろう。その道筋にそって詩を集め、選び、配列し、詩とは何かを考えるおおもとを示しました。（華恵）

美食倶楽部　谷崎潤一郎大正作品集　種村季弘編
表題作をはじめ耽美と猟奇、幻想と狂気……官能的な文体によるミステリアスなストーリーの数々。大正期谷崎文学の初の文庫化。種村季弘編で贈る。

山頭火句集　種田山頭火　村上護編　小崎侃・画
自選句集「草木塔」を中心に、その境涯を象徴する随筆も精選収録し、〝行乞流転〟の俳人の全容を伝える一巻選集！（村上護）

幻の女　田中小実昌　日下三蔵編
近年、なかなか読むことが出来なかった〝幻〟のミステリ作品群が編者の詳細な解説とともに甦る。夜の街の片隅で起こる世にも奇妙な出来事たち。

密室殺人ありがとう　田中小実昌　日下三蔵編
編者苦心の末、発掘した1970年代から80年代の雑誌掲載のみになっていたミステリ短篇を中心に構成した文庫オリジナルの貴重な作品集。

リテラリーゴシック・イン・ジャパン　高原英理編

世界の残酷さと人間の暗黒面を不穏に、鮮烈に表現する「文学的ゴシック」。古典的傑作から現在第一線で活躍する作家まで、多彩な顔触れで案内する。

ファイン／キュート　素敵かわいい作品選　高原英理編

文学で表現される「かわいさ」は、いつだって、どこかファイン。古今の文学から、あなたを必ず「きゅん」とさせる作品を厳選したアンソロジー。

言葉なんかおぼえるんじゃなかった　田村隆一・語り　長薗安浩・文

戦後詩を切り拓き、常に詩の最前線で活躍し続けた伝説の詩人・田村隆一が若者に向けて送る珠玉のメッセージ。代表的な詩25篇も収録。（穂村弘）

聖女伝説　多和田葉子

少女は聖人を産むことなく自身が聖人となれるのか？　著者の代表作にして性と生と聖をめぐる少女小説の傑作がいま蘇る。書き下ろしの外伝を併録。

マイマイ新子　髙樹のぶ子

昭和30年山口県国衙。きょうも新子は妹や友達と元気いっぱい。戦争の傷を負った大人、変わりゆく時代、その懐かしく切ない日々を描く。（片渕須直）

落ちる／黒い木の葉　多岐川恭　日下三蔵編

江戸川乱歩賞と直木賞をダブル受賞した昭和の名手、深い抒情性とミステリのたくらみに満ちた、単行本未収録作品を含む14篇。文庫オリジナル編集。

方壺園　陳舜臣　日下三蔵編

唐後期、特異な建築「方壺園」で起きた漢詩の盗作をめぐる密室殺人の他、乱歩賞・直木賞・推理作家協会賞を受賞したミステリの名手による傑作集。

中華料理の文化史　張競

フカヒレ、北京ダック等の歴史は意外に浅い。ではそれ以前の中華料理とは？　孔子の食卓から現代まで、風土、異文化交流から描きだす。（佐々木幹郎）

砂丘律　千種創一

中東と日本を舞台に清冽な抒情を巧みな韻律で織りなして大いに話題を呼んだ千種創一の第一歌集が待望の文庫化！（市川春子）

夜露死苦現代詩　都築響一

寝たきり老人の独語、死刑囚の俳句、エロサイトのコピー……誰も文学と思わないのに、一番僕たちをドキドキさせる言葉をめぐる旅。増補版。

君は永遠にそいつらより若い　津村記久子

22歳処女。いや「女の童貞」と呼んでほしい——。日常の底に潜むうっすらとした悪意を独特の筆致で描く。第21回太宰治賞受賞作。（松浦理英子）

アレグリアとは仕事はできない　津村記久子

彼女はどうしようもない性悪だった。すぐ休み単純労働をバカにし男性社員に媚を売る。大型コピー機とミノベとの仁義なき戦い！（千野帽子）

官能小説用語表現辞典　永田守弘編

官能小説の魅力は豊かな表現力にある。本書は創意工夫の限りを尽したその表現をピックアップした、日本初かつ唯一の辞典である。（重松清）

絶滅寸前季語辞典　夏井いつき

「従兄煮」「蚊帳」「夜這星」「竈猫」……季節感が失われ、風習が廃れて消えていく季語たちに、新しい命を吹き込む読み物辞典。（茨木和生）

絶滅危急季語辞典　夏井いつき

「ぎぎ・ぐぐ」「われから」「子持花椰菜」「大根祝う」……消えゆく季語に新たな命を吹き込む読み物辞典。超絶季語続出の第二弾。（古谷徹）

冠・婚・葬・祭　中島京子

人生の節目に、起こったこと、出会ったひと、考えたこと。冠婚葬祭を切り口に、鮮やかな人生模様が描かれる。第143回直木賞作家の代表作。（瀧井朝世）

ピスタチオ　梨木香歩

棚（たな）がアフリカを訪れたのは本当に偶然だったのか。不思議な出来事の連鎖から、水と生命の壮大な物語「ピスタチオ」が生まれる。（管啓次郎）

中島らも短篇小説コレクション　中島らも　小堀純編

珠玉の未発表作品「美しい手」、単行本未収録の「〝青〟を売るお店」を筆頭に厳選。ユーモラスで、ホラーで、抒情的な作品集。（松尾貴史）

笑いで天下を取った男　難波利三

吉本興業創立者・吉本せい。その弟・林正之助は、姉を支え演芸を大きなビジネスへと築きあげたのだった。「小説吉本興業」改題文庫化。（澤田隆治）

通天閣　西加奈子

このしょーもない世の中に、救いようのない人生に、ちょっぴり暖かい灯を点す驚きと感動の物語。第24回織田作之助賞大賞受賞作。（津村記久子）

おまじない　西加奈子

さまざまな人生の転機に思い悩む女性たちに、そっと寄り添ってくれる、珠玉の短編集、いよいよ文庫化！　巻末に長濱ねると著者の特別対談を収録。

愛についてのデッサン　野呂邦暢　岡崎武志編

夭折の芥川賞作家が古書店を舞台に人間模様を描く「古本青春小説」。古書店の経営や流通など編者ならではの視点による解題を加え初文庫化。

とりつくしま　東直子

死んだ人に「とりつくしま係」が言う。モノになってこの世に戻れますよ。妻は夫のカップに弟子は先生の扇子になった。連作短篇集。（大竹昭子）

キオスクのキリオ　東直子

「人生のコツは深刻になりすぎへんこと」。キオスクで働くおっちゃんキリオに、なぜか問題をかかえた人々が訪れてくる。連作短篇。イラスト・森下裕美

桜　東雅夫編

その儚い美しさによって数多の人間の心を奪い、描かれ、求められ続ける「桜」という花——。妖しく咲き乱れる名華を厳選！　新機軸怪談傑作選。

文豪怪談傑作選
三島由紀夫集　三島由紀夫　東雅夫編

川端康成を師と仰ぎ澁澤龍彦や中井英夫の「兄貴分」であった三島の、怪奇幻想作品集成。「英霊の聲」ほか怪談入門に必読の批評エッセイも収録。

文豪怪談傑作選・特別篇
鏡花百物語集　泉鏡花　東雅夫編

大正年間、泉鏡花肝煎りで名だたる文人が集まって行われた怪談会。都新聞で人々の耳目を集めた怪談会の記録と、そこから生まれた作品を一冊に。

文豪怪談傑作選
折口信夫集　折口信夫　東雅夫編

神と死者の声をひたすら聞き続けた折口信夫の怪談アンソロジー。物怪たちが跋扈活躍する「稲生物怪録」を皮切りに日本の根の國からの声が集結。

文豪怪談傑作選
幸田露伴集　幸田露伴　東雅夫編

鏡花と双璧をなす幻想文学の大家露伴。神仙思想に通じ男性的な筆致で描かれる奇想天外な物語は圧巻。澁澤、種村の心酔した世界を一冊に纏める。

適切な世界の適切ならざる私　文月悠光

中原中也賞、丸山豊記念現代詩賞を最年少の18歳で受賞し、21世紀の現代詩をリードする文月悠光の記念碑的第一詩集が待望の文庫化！　（町屋良平）

ベルリンは晴れているか　深緑野分

終戦直後のベルリンで恩人の不審死を知ったアウグステは彼の甥に訃報を届けに陽気な泥棒と旅立つ。歴史ミステリの傑作が遂に文庫化！　（酒寄進一）

怪を訊く日々　怪談随筆集　福澤徹三

生者の言葉でこの世のすべては語れない――。日常の狭間にひそむ「怪異」を体験者たちから聴き集める。怪談実話の名手の原点。　（朝宮運河）

方丈記私記　堀田善衞

中世の酷薄な世相を覚めた眼で見続けた鴨長明。その人間像を自己の戦争体験に照らして語りつつ現代日本文化の深層をつく。巻末対談＝五木寛之

回転ドアは、順番に　穂村弘／東直子

ある春の日に出会い、そして別れるまで。気鋭の歌人ふたりが、見つめ合い呼吸をはかりつつ投げ合う、スリリングな恋愛問答歌。　（金原瑞人）

三ノ池植物園標本室（上）　眠る草原　ほしおさなえ

植物の刺繍に長けた風里が越してきた古い一軒家。その庭の井戸には芸術家たちの悲恋の記憶が眠っていた――。『恩寵』完全版を改題、待望の文庫化！

三ノ池植物園標本室（下）　睡蓮の椅子　ほしおさなえ

井戸に眠る因縁に閉じ込められた陶芸家の日下さんを、彼に心を寄せる風里は光さす世界へと取り戻せるか。感動の大団円。　（東直子）

かんたん短歌の作り方　枡野浩一

自分の考えをいつもの言葉遣いで分かりやすく表現する――それがかんたん短歌。でも簡単じゃない！（佐々木あらら）

真鍋博のプラネタリウム　真鍋博／星新一

名コンビ真鍋博と星新一。二人の最初の作品『おーいでてこーい』他、星作品に描かれた插絵と小説冒頭をまとめた幻の作品集。　（真鍋真）

評伝　獅子文六　牧村健一郎

今、注目を集める〈獅子文六〉とはどんな作家だったのか。彼の人生を精細に追いかけ、再評価の続く作品群の理解を深める唯一の評伝、文庫化。

英語で読む　銀河鉄道の夜（対訳版）　宮沢賢治／ロジャー・パルバース訳

"Night On The Milky Way Train"（銀河鉄道の夜）賢治文学の名篇が香り高い訳で生まれかわる。文庫オリジナル。井上ひさし氏推薦。　（高橋康也）

宮沢賢治のオノマトペ集　宮沢賢治／杉田淳子編／栗原敦監修

賢治ワールドの魅力的な擬音をセレクト・解説した画期的な一冊。ご存じ「どっどどどどうど　どどうど　どどう」など、声に出して読みたくなります。

川三部作　泥の河／螢川／道頓堀川　宮本輝

太宰賞「泥の河」、芥川賞「螢川」、そして「道頓堀川」と、川を背景に独自の抒情をこめて創出した、宮本文学の原点をなす三部作。

兄のトランク　宮沢清六

兄・宮沢賢治の生と死をそのかたわらでみつめ、兄の死後も烈しい空襲や散佚から遺稿類を守りぬいてきた実弟が綴る、初のエッセイ集。

三島由紀夫レター教室　三島由紀夫

五人の登場人物が巻き起こす様々な出来事を手紙で綴る。恋の告白・借金の申し込み・見舞状等、一風変ったユニークな文例集。（群ようこ）

肉体の学校　三島由紀夫

裕福な生活を謳歌している三人の離婚成金。〝年増園〟の例会はもっぱら男の品定め。そんな一人がニヒルで美形のゲイ・ボーイに惚れこみ……。（群ようこ）

反貞女大学　三島由紀夫

魅力的な反貞女となるためのとっておきの16講義（表題作）と、三島が男の本質を明かす「第一の性」収録。（田中美代子）

新恋愛講座　三島由紀夫

恋愛とは？　西洋との比較から具体的な技巧まで懇切丁寧に説いた表題作、「おわりの美学」「若きサムライのために」を収める。（田中美代子）

命売ります　三島由紀夫

自殺に失敗し、「命売ります。お好きな目的にお使い下さい」という突飛な広告を出した男のもとに、現われたのは？（種村季弘）

三島由紀夫の美学講座　三島由紀夫／谷川渥編

美と芸術について三島は何を考えたのか。廃墟、庭園、聖セバスチァン、宗達、ダリ。「三島美学」の本質を知る文庫オリジナル。

文化防衛論　三島由紀夫

「最後に護るべき日本」とは何か。戦後文化が爛熟した一九六九年に刊行され、各界の論議を呼んだ三島由紀夫の論理と行動の書。（福田和也）

ちくま文庫

洲崎《すさき》パラダイス

二〇二三年七月十日　第一刷発行

著　者　芝木好子（しばき・よしこ）
発行者　喜入冬子
発行所　株式会社　筑摩書房
東京都台東区蔵前二―五―三　〒一一一―八七五五
電話番号　〇三―五六八七―二六〇一（代表）
装幀者　安野光雅
印刷所　星野精版印刷株式会社
製本所　株式会社積信堂

ISBN978-4-480-43888-1 C0193